O
(의 세계)

O(의 세계)

발행일	2017년 3월 2일		
글·북디자인	노 선 희		
펴낸이	손 형 국		
펴낸곳	(주)북랩		
편집인	선일영	편집	이종무, 권유선, 송재병, 최예은
디자인	이현수, 이정아, 김민하, 한수희	제작	박기성, 황동현, 구성우
마케팅	김회란, 박진관		
출판등록	2004. 12. 1(제2012-000051호)		
주소	서울시 금천구 가산디지털 1로 168, 우림라이온스밸리 B동 B113, 114호		
홈페이지	www.book.co.kr		
전화번호	(02)2026-5777	팩스	(02)2026-5747

ISBN   979-11-5987-466-6 03810(종이책)   979-11-5987-467-3 05810(전자책)

이 도서의 국립중앙도서관 출판예정도서목록(CIP)은 서지정보유통지원시스템 홈페이지(http://seoji.nl.go.kr)와
국가자료공동목록시스템(http://www.nl.go.kr/kolisnet)에서 이용하실 수 있습니다.
(CIP제어번호 : CIP2017004970)

(주)북랩 성공출판의 파트너

북랩 홈페이지와 패밀리 사이트에서 다양한 출판 솔루션을 만나 보세요!

홈페이지 book.co.kr   1인출판 플랫폼 해피소드 happisode.com
블로그 blog.naver.com/essaybook   원고모집 book@book.co.kr

O

(의 세계)

노선희 지음

북랩 book Lab

들어가기에 앞서

편집디자이너로 일하면서
우연히 시작된
블로그를 개설하면서부터
글을 쓰게 되었다

십여 년이 흐른 지금
책을 출간할 때라 생각되어 글을 엮어
책을 선보이게 되었다

모든 일에는 정해진 흐름의 순서가 있는 것 같다
나는 야생의 늑대인간처럼
본능의 마음이 이끄는 대로 따랐다
나는 그것을 순리라 생각한다
세상에는 알지 못하는 선과 상충되는 의미에
우리는 문명 앞에 장애가 있는지 모른다
고민 끝에 긍정적 방향으로 생각이 기울어
문맹의 아이, 늑대인간이 문명의 옷을 입는 과정에
결국 세상은 그런 방향으로 흘러왔고
나는 이번 책에서 잠자고 있던 생각을 깨워 감각
(독창성)을 이끌어내려 했다
의미, 의지, 관심, 역할 등
빛처럼 살다 사라지는 멋진 일을 마다치 않고 싶다.

차 례

새장 안에 작은 새, 까따리나

자유란 바로 앞 시간을 목전에 둔
조금은 위험스러운 개념일지 모른다.

새장 안에 작은 새, 까따리나

    인적이 드문 아직은 어두운 시간, 창밖으로 공원
에 거무스레한 한 남자의 그림자가 보였다. 공원에서
사람들은 스치고, 만나고, 헤어지기를 반복한다. 시간
이 지나면 갈색으로 퇴색하는 기억 속, 내게 공원은
자유의 공간이었었다. 자유란, 자유도 반복될 때는 익

숙한 의미가 된다. 산다는 것에 애당초에 자유란 없는 것 같다. 다만 사람에게 주어지는 자유란 간격 사이에서 오는 휴식 같은 시간의 의미일 것이고, 한때 공원은 내게 자유의 의미였으나 곧 익숙한 공간이 되어버렸다. 어느 나뭇가지에 앉아 쉼을 갖던, 중요한 사실은 그곳은 새장이 된다는 것이다. 어쩌면 자유란 바로 앞 시간을 목전에 둔 조금은 위험스러운 개념일지 모른다.

새장 안에 작은 새, 까따리나

*

　새로 구입한 코트에 터틀넥을 입고 수강생들보
다 먼저 미술 학원에 도착한 나는 실내를 따뜻하게 하
기 위해 히터를 켰다. 터틀넥을 입을 때는 괜찮았었는
데 따뜻한 실내에 있다 보니 촘촘하게 짜여진 니트 목
부분에 골조직이 목을 조이는 느낌이 들어 불편해지
고 짜증이 나기 시작했다. 올겨울 가장 춥다고 한 일
기예보에 터틀넥을 입은 것이 화근이었다. 이럴 줄 알
았으면 활동하기 편한 옷을 입었을 것을 하고 후회를
했다. 미술 학원에 배치해둔 히터는 항상 적정 온도에

고정되어 있어 히터에 온도를 몇 도 내리고 창문을 조금 열었다. 밖의 차가운 공기가 얼굴에 시원하게 닿았다. 시간이 더디게 갔지만 오후 시간에 수업은 끝이 났다. 나는 괜히 터틀넥을 입었다는 짜증에 목 부분을 늘어트리며 이 층 미술 학원에서 층계를 밟아 일 층 아래로 내려왔다. 답답하기도 했고, 이주째가 되어가도 주범인 그녀가 나타나지 않고 있기 때문이었다. 나는 2주 동안 궁금증에 이유를 보란 듯이 몇 번은 갈아치웠다. 그림을 그릴 때보다 수정을 더 많이 한 횟수였다.

새장 안에 작은 새, 까따리나

　나는 정신 나간 사람처럼 걸어 공원으로 산책 가던 신호등 앞에 멈추어 섰다. 날은 어두워지고 있었다. 스타트를 하기 전, 호흡에서 느끼는 팽팽한 긴장감, 서서히 발을 떼어 전차처럼 레일 위를 미끄러지고, 급기야 목구멍으로 쓴 하얀 침을 토할 때까지, 그 이상은 마른 창자 속에서 넘길 것이 없다는 신호를 감지해야, 죽음의 문턱 바로 전 정거장 앞에서 죽지 않고 바르르 떠는 입으로 새어 나오는 호흡을 확인하면, 불안과 안도의 중첩된 마음에서 끝나는, 현실 속에서 무미하게 느꼈던 허무와 지나온 날들에 쌓인 상실을 견고하게 다지지 못했던 이유로 결국 무너지고 마는, 무마되면 다행이었다. 모든 일에는 다 나름에 이유가 있지만, 산다는 것은 왜 그리 힘든 것인지, 그러한 결정에도 용기라고 마지막에는 스스로를 격려하고는 했었다. 이해가 부족한 사람들의 생각과는 달리, 나는 혼자만의 요동치는 굽이진 곡선의 감정에 줄다리기를 번복하며 살아왔다. 어쩌면 내게는 사람들이 말하는 마라토너의 순고한 열정의 지구력, 정신이 필요한지도 모른다. 정신이 멍멍했다. 정처 없는 사람들 사이에 틈을 비집고 신호가 바뀔 때까지 건널목에 서 있었다.

새장 안에 작은 새, 까따리나

신호가 바뀌기를 기다리는 동안, 귓속으로 뒤섞인 정체 모를 사람들의 웅성대는 말소리와 상점에서 튼 때늦은 캐럴 소리가 섞여 웅웅대는 거리에 소음으로 들렸다. 어둠을 밝히는 조명 사이로 녹지 않고 희끗희끗 쌓인 눈이 보였다. 신호등 색깔이 바뀌어 나는 부산한 사람들과 건널목을 함께 건너며 공원으로 향했다.

불안한 예감이 들었다. 나와 별 상관도 없는 남의 일에 그러나 나는 그것이 무엇을 의미하는지 잘 알고 있었다. 한때 나는 그런 일에 피해자였었다. 당사자가 아닌, 알지 못하는 일을 알 필요도 없고, 그렇다고 뾰족한 방법을 제시할 수도 없는, 나는 이번에도 열외되어 당사자의 불행을 고스란히 받아들여야 하는 입장에 피해자가 될지도 모른다. 머리로는 벌써 빠르게 계산을 마쳤다. 그런데 마음은 그렇지 못했다. 무력하게 일을 대물렸던 과거에 내가 아니었다. 그렇다고 다른 생각을 할 형편도 아닌 것 같았다. 그런 일은 이미 시간을 늦추어 부채를 탈탈 털어 정산을 끝냈던 날, 기점을 기준으로 태엽을 거꾸로 감아 돌리면, 이골이 날 대로 나 있는 상태 그대로였다. 온도계 안에 빨갛게

박혀있는 온도를 나타내는 눈금 1 ° 상승의 움직임 정
도, 미비하게 사정이 나아지기는 했다.

　작년보다 조금 더 늦은 한파였다. 오늘처럼 춥다
고 한, 작년에 일기예보 한파 방송을 언제쯤 했었는
지, 쓸데없는 일을 정확히 기억하고 있었다. 작년 이
맘때, 내 생애에 두 번 다시 오지 않을 특별한 영광의
사건도 있었었다. 이번 겨울은 무난히 지나가나 생각
을 하기도 했었다. 과거에 나는 지속적으로 안 좋았던
날들을 보내야 했었고, 다시 그런 상황이 온다면 의

연하게 대처할 수 있을 것 같은 예행연습 정도의 경험

이었다. 오랫동안 제자리가 없어 정리 정돈되지 않은

지리멸렬함, 제자리를 일찍이 찾아 흐트러진 모습에

서, 내게 짧은 시간이라도 충전이 필요하다 생각을 하

기는 했었다. 제대로 정산을 끝내지 못한 만성피로와

같은 인간관계에서 온 원인이 가장 큰 이유 때문인지

모른다는 생각은 오래전부터 쉽게 떨치지 못하고 있었

다. 뭐가 꼬여도 단단히 꼬여 제대로 일이 풀리지 않

는 이유를 이제는 내 탓이 아니라 세상 탓, 다 남 탓

으로 돌리고 있다. 사람들은 자신이 아닌 타인을 향해

내뱉을 괜한 시비 거리 하나씩은 가지고 있는 것 같

다. 나에게 가장 큰 문제는 바로 그러한 문제였다. 산

란기 연어처럼 어쩔 수 없이 다시 마음이 제자리로 돌

아가는 일. 사람들처럼 나도 의지와 별개로 상황의 개

선이나 선택으로부터 장애를 안고 있다. 사람들처럼

일해서 돈을 버는 수입으로 노후를 생각해 저축을 해

야 하는 일과 관련해서 그동안 걱정을 하지 않고 일을

미루듯, 게으름을 피우듯, 적당히 살아왔다. 현재가

중요하고 먼 미래는 일단 유보 상태였었다. 지금이라

는 답보 상태에서 실낱같은 작은 기대를 미래에 걸 수

밖에 없어 현실과 거리를 두고, 그렇게라도 하지 않으면 살 수 없을 것만 같았다. 언젠가, 갤러리 벽면에 내 그림이 전시되고 그림 앞에 연회복 차림에 대중들이 샴페인을 들고 파티를 하며 그림과 작가에 대해 이야기를 나누는 상상은 내게는 희망이었다. 나는 염세적이고 이론적인 사람들 속에 우주의 신비한 기운을 믿는 샤머니즘과 같은 희망이라는 단어에 끈을 놓지 않고 살아왔던 것이었다.

생활이 엉망이 된 것 같은 기분은 오랫동안 목욕

새장 안에 작은 새, 까따리나

을 하지 않았을 때처럼, 여간 신경이 쓰이지 않을 수

없다. 이럴 때는 우선순위를 정해놓고 하나씩 일을 해

결하는 것이 순리이다. 어쩌다 우연히 한번 맛본 꿀처

럼 달콤하고 경쾌한 시간을 쉽게 포기해서는 안 될 일

이었다. 내게 반복되는 적당한 선에서의 선택이 가능

한 일상의 행복, 과해 넘치거나, 포장할 필요 없는, 무

력하게 불편을 감수하지 않아도 되는 일은 만족, 적

당, 타협, 이러한 논리에서 일종의 기호 같다. 이렇게

생각하지 않으면 오리무중 상태인 어떤 시공에도 이르

지 못할 것이다. 하지만 나의 위치에서는 아직 먼 구

도이다. 나 같이 행운이 아닌 불행을 정면으로 맞아본 사람은 별일이 없는 것을 다행으로 생각해야 한다. 조금이라도 나아지기를 바랐고, 짧은 기간 만족하며 지내고 있다.

둘 중, 그림 그리는 일을 선택한 것을 후회하지는 않는다. 그러나 나는 기호가 빠진 무감각 상태에서 그림을 그렸던 것 같다. 더군다나 통장 잔고에 숫자가 0에 가까워지면서 몰랐던 사실을 기다렸다는 듯 순차적으로 알게 되었다. 호주머니 속사정이 뒤집어지고 혀

새장 안에 작은 새, 까따리나

를 내민 것처럼 피부로 실감하는 현실이었다. 거칠 장
막이 없었다. 편의점에서 담배를 사고 직원 앞에서 담
뱃값을 계산하기 위해 부르르 손을 떨던 일을 기억하
고 있다. 그날은 마지막으로 담배를 사던 날이었다.
그때부터 내게는 기호품조차 아쉽고 절실한 필요한 물
품들에 기호가 되었다. 누군가에게 습관적이 돼 중독
된 담배 맛, 요술 피리 같은 담배 연기, 냄새도 그랬
다. 담배를 끊어야겠다 생각을 했다. 초기에는 피다,
비비다, 더 피워도 괜찮을, 바닥에 떨어진 담배꽁초만
보아도 심장이 쿵쾅대고 뛰었었다. 여자를 대할 때 순

진한 남자처럼, 그토록 자신이 원하던 이상형에 그리는 여자를 대하면서 온몸을 부르르 떨며 전율의 감정을 느끼지는 못할 것이다. 내 눈에 성하게 보이는 담배꽁초가 아깝다 생각되었고, 유독 담배만 눈에 띄었다. 금단 현상에 초기 후유증 같았다. 그래서 몸이 좋지 않다 생각했지만, 괜찮아지고 좋아졌다. 그런 일이 있은 후에야 어렵게 시작한 날품팔이였었다. 몸은 힘들어도 경제 상황은 괜찮았었다. 어쩔 수 없이 그림을 그려야겠다 생각하게 되었다. 딱히, 그림 그리는 일 외에 아는 일이 없었다.

새장 안에 작은 새, 까따리나

나는 차가운 공기를 코와 입으로 깊게 들이마시며 쉼 호흡을 했다. 쉼 호흡을 하고 나니 어지러운 머리 답답한 가슴에 허한 속도 괜찮아졌다. 날이 추운데도 외투를 걸치지 않고 얼빠진 사람처럼 미술 학원을 나왔다. 맨발은 아니었다. 바람이 쓸고 갈 정도에 속이 훤히 보이는, 구멍이 송송 난 낙엽 같은 슬리퍼에 양말은 신고 있었다. 나는 추위에 간사하게 노출되어 차가워진 손을 바지 호주머니에 밀어 넣었다. 손이 닿는 대퇴부 부분은 차갑고 손은 따뜻했다. 추운 날씨에 목처럼 몸도 마른 황태처럼 뻣뻣하게 긴장해 곧아 있었다. 개멋차림, 폼새였다. 외출복 차림이 아닌 어색한 행색에 어느 누구도 나를 이상하게 쳐다보지는 않았다. 공원에 이상한 차림새에 사람들도 많기 때문에 내 옷차림은 준수한 편에 속했다. 날씨가 좋을 때, 공원은 예술가들과 예술 작품을 구경하는 행인들의 천지였다. 행인들은 너나 할 것 없이 공원으로 와 시간을 보내며 호기에 찬 눈으로 예술가들을 대한다. 그나마 행인들에게 예술은 공유가 가능해도 그것을 창조하는 예술가들, 즉 일상적이거나 통상적이지 않은 예술가들의 세계는 다른 차원으로 생각하는 것 같은 느낌에 동정처럼 시선이나 관심을 던져 준다는 생각이 들 때도 있었다. 행인들에게 재미있는 공원으로 생각되었을 이곳은 예술가들에게는 삶의 공간이다. 베일은 적당한 거리에서 예술가들이 예술 작품에 쏟는 관심, 무관심으로 투영된다. 이곳에 모인 예술가들은 가난한 것 같다. 돈보다는 꿈과 이상을 좇는 것이 보통의 상황 같고, 비즈니스 차원에서의 의미가 아닌 직업상 당연한 상황을 자처하는 직업이 예술가 같다. 자의적 선택이 보통의 상황이고, 순수한 예술가라는 직업인 것이다. 예술혼과 같은 열정은 각자에게 악조건인 사태, 예를

들면 눈 속에 갇혀도 정신은 쉽게 사라지지 않을, 가

난하다는 의미는 삶의 본질과 가까운 의미로 해석할

수 있다. 이론상 가난한 사람이면, 예술가가 될 자격

이 충분하다로 직역된다. 가난하지 않고, 삶을 논하기

란 어려운 일일 것이고, 회피인 것이다. 연속, 충족,

순응, 완벽 등과 반대되는 개념에 불연속, 부족, 반항,

미비 등의 의미는 예술 세계에 밑천의 정신이다. 배부

른 돼지, 배고픈 소크라테스처럼 철학적 의미와도 관

련이 있고, 탐욕으로 얼룩진 세상에서 본질을 꿰뚫는,

오롯한 자신의 내면의 세계에 거짓일 리 없는 순수한

마음을 덜어내, 승화, 표현하는 예술가들은 고도를

기다리는 특별한 직업에 속하는 사람들이고, 시간은

내게도 그들과 똑같은 의미로 지나가 낯설던 공원도

한편으로 내가 찾아 헤매던 익숙한 공간이 되어가고

있었다.

　나는 운 좋게 피시방 인터넷에서 미술 학원 시간

제 지도 교사 구인 광고를 보고, 공원 근처에 있는 작

은 개인 미술 학원에서 몇 명의 수강생들에게 그림 지

도하는 일을 하게 되었다. 면접을 보는 내내 원장은

이력서 수상 내역에 관해 질문을 했고, 그 점이 결정적으로 작용한 것 같았다. 미술 학원 원장은 나보다 열한 살이나 나이가 많은 여자였다. 지금보다 젊었을, 원장이 말하는 그녀의 전성기 십 년 전에는 공원에 있는 소극장에서 연극을 했었고, TV 드라마에 조연으로 캐스팅되어 모니터에 얼굴을 비친 적도 있었다는 서두의 말을 꺼내려는 원장의 얼굴을 쳐다보는데, 얼굴 중앙에 위치한 코가 부자연스러워 성형수술을 한 의혹이 들었지만, 천상에서 내려온 여신처럼 핏기 없는 뽀얗고 하얀 피부, 금방이라도 부스러질 것 같은 여린 몸매가 한 미모이기는 했다. 하지만 생기 없어 병든 닭처럼 어디가 아파 보였다. 원장이 말한 대로 유명인이 아니라서 소극장에서 연극을 했었고, TV 드라마에 출연을 했었는지 알 수는 없었다. 얼굴을 본 적이 없었고, 이름을 들어본 적도 없었다. 원장은 이미지 관리 차원에서 연극, 드라마에 나오는 인물 대사처럼 일인 관객인 나를 의자에 앉혀놓고 자신에 대해 읊조렸지만, 진정성, 흡입력, 연기력이 미흡한 수준 같았다. 도리어 진실된 모습이 아닐까 생각도 했지만, 나름의 굴곡진 과거사를 이야기할 때는 내 과거만큼 중요하거나 감정이 와 닿지는 않았다. 저마다 삶의 난이도가 있다면 원장의 이야기는 책장 페이지를 홀홀 넘길 수준 같아 알아들을 수 있었다. 원장은 그런 체형은 아니지만, 풍만한 살점을 숨기듯, 그래 보았자 제 자리 춤에 살점을 숨기는 것이고, 간단 명료하게 말을 해 의도적으로 궁금증을 유발하려는 듯 의문을 남겨 미심스럽기까지 했다. 그래도 나는 원장이 바라봐 주었으면 하는 짐작대로 바라보았다.

어린 나이에 부모님과 어촌 마을로 귀촌해, 그나

새장 안에 작은 새, 까따리나

마 살았던 지역을 제외하면, 서울에는 아는 장소가 많지 않았다. 딸린 식솔은 없지만, 한 평 남짓한 고시원에서 숙식한 지 세 달이 넘었다. 그나마 가지고 있던 생활비가 곧 바닥이 날 상황이었다. 지금은 미술 학원에서 수강생들을 지도하게 돼, 그런대로 한 달을 넘길 정도가 되었다. 미술 학원에서 그림을 그리는 수강생들을 지도하고 받는 월급은 시간제여서 같은 날, 같은 금액이 매달 월급으로 통장에 입금되는 일 말고, 회사에 다니는 회사원들보다 나을 것은 없었다. 뜨거운 물, 찬 물 가릴 형편이 아니었다. 공원과 가까운 곳에

위치한 미술 학원이라 나쁘지 않았다. 게다가 예술을

하는 나와 비슷한 처지에 친구들을 볼 수 있었다. 지

난해에 사단법인 미술 세계에서 주최하는 서양화 부분

에서 은상을 수상하고, 상황이 나아질 것이라는 막연

한 기대를 품을 수 있었다. 캔버스 위에 그림을 그려

야겠다는 의지의 끈을 놓을 수 없는 이유가 생긴 것이

기도 했다. 그 후로는 영 진척 없는 답보 상태였다. 내

게는 같은 고민의 반복, 어떤 그림을 그려야 하나, 계

속 그림을 그릴 수는 있을까, 내게 했던 약속의 시간

과 멀어지다 다시 원점이었다. 이번에는 선택의 상황

이 아닌 답을 알고 있었다. 생각 밖의 영예도 나를 버겁게 짓눌렀다.

TV 모니터처럼 자동으로 플레이 되는 공원에 모이는 행인들을 구경하는 것은 나에게 또 다른 작은 즐거움이었다. 알고 보면 행인들도 저마다 굶주림의 사연을 장착한 관심을 받고자 하는 사람들이다. 그들도 예술가들처럼 특별한 존재로 보이고 싶어 한다는 것 정도는 알고 있다. 처음에 공원이 보이는 가까운 거리에 있는 미술 학원에서 수강생들을 대상으로 그림을 지도할 수 있게 돼 무척이나 감격했던 기억은 시간이 지날수록 계절과 함께 파릇하게 정신으로 스며들었다. 나에게 숨어있는 어떤 사항을 더할 수 있는 묵시적인 희망의 감정도 날씨가 따뜻해지고 나뭇잎이 파래지면서 자생하는 벌레처럼 느리지만 꿈틀거리고 있었다. 예술가들의 예술 작품들은 폐륜처럼 일반적이지 않아, 공원에 설치된 분수처럼 여름 한 철을 허공으로 내뿜을 수 있는 에너지에서 결과물로 결실을 맺는다. 공원에 예술가들이 많다는 것은 내게는 일반적인 사항이라 공감되는 부분이 있었다. 그들의 소재와 나의 소재와

는 분명한 거리가 있지만, 꺼져가던 작은 불씨에 다시

불을 붙게 하는 에너지만큼은 나로 하여금 신선한 자

극이 아닐 수 없었다.

　비가 내리기 시작했다. 비가 내려, 비린 비 냄새와

풋풋한 흙냄새에 정신을 그만 창밖에 두고 서 있었다.

행인들은 갑자기 떨어지는 비를 피하느라 부산을 떨며

몸을 빠르게 움직이고 있었다. 나는 창문을 닫고 어두

워진 실내를 밝히기 위해 전등에 스위치를 켰다. 봄을

지나 여름이 되어서야 주적주적 소리가 나는 굵은 빗

줄기에 소나기가 내리기 시작했다. 비가 내려 햇볕이 가려진 암울한 공원은 늦은 저녁 시간을 넘어 상점에 불이 꺼질 때처럼 폐장 같은 분위기와 명암을 연출한다. 어촌 마을과는 달리, 이런 날은 내 머릿속에 그려진 구름도 함께 쉬는 날이어서 정신이 맑고 또렷한 것은 기분 탓이다. 제법 비가 내려 우산을 쓴 행인들이 거리를 메우고 있었다. 커피머신에 커피 물 떨어지는 소리가 맑은 날보다 더 크게 들리다 멈춘 지도 몇 분이 흐른 후였다. 미술 학원 실내에는 한 번도 가보지 못한 에티오피아산 아메리카노에 고소한 커피 향이 은

은하게 퍼져있었다. 정적을 깨듯, 나는 개처럼 킁킁대
며 커피 냄새를 맡았다. 공원에 있는 상가 안에서 윤
기가 반질한 긴 털에 덩치가 좋은 귀티 나는 외래종
의 개를 본 적이 있었다. 서울 사람에 비하면 시골 촌
놈의 티를 벗지 못해 개보다 못한 신세였다. 고급 취
향을 갖고 있던 원장 때문에 평소에는 입에 잘 대지도
못하는 수제 커피를 매일 마실 수 있게 된 수혜자의
어색한 의식이기도 했다. 나는 수강생들을 가르치지
않는 시간에는 공원으로 가 하는 일없이 시간을 보내
기도 했다. 걷는 일보다는 행인들의 시선을 피해 앉아

있는 편이 많았다. 그나마 다행으로 생소해 익숙지 않

아도 사소한 일들은 내 편이어서 시간과 계절은 심심

치 않은 속도로 바뀌고 있었다.

　원장은 수강생들처럼 일주일에 두 번 이상은 미술

학원에 얼굴을 비쳤다. 그것이 원장의 일이었다. 그날

원장은 수강생들을 지도하는 모습을 보고, 그림을 배

우고 싶다는 의중을 표시했다. 나의 아버지는 화가였

었고, 어촌 마을로 귀촌한 아버지는 그때부터 내게 기

초적인 그림 공부를 가르쳤었다. 아버지에게 더 그림

을 배우고 싶었지만, 그럴 수는 없었다. 그때 나를 포

함해 세상 사람들로부터 부재 상태인 아버지였었다.

원장은 예술적 성향이 다분한 사람이고, 통하는 부분

을 쉽게 찾을 수 있었다. 무엇을 대하는 감수성이 그

랬다. 연극 학원이 아니라 미술 학원을 운영하는 일이

의아했지만, 나는 그러겠다 흔쾌히 대답해 주었다. 그

러나 모종에 이유가 있을 것이라는 생각을 떨치지는

않았다. 처음에는 원장도 다른 수강생들처럼 똑같이

이젤 앞에 앉아 스케치북에 점으로 시작해 선을 긋고

면을 채우듯 시간을 채웠다. 나는 수강생들 각자에게

시간을 할애해 옆자리에 앉아 배움의 과정에 대한 담소를 나누기도 했다. 원장은 수강생들처럼 취미 삼아 그림을 그리는 것 같지는 않았다. 생각만큼 원장은 말수가 많은 여자는 아니었다. 그러한 점이 그녀를 향했던 나의 미심쩍던 의심을 사라지게 했다. 원장도 다른 수강생들처럼 기초적인 드로잉 과정을 차분히 마스터했다. 미술 학원에 수강생들은 수강 과정 중반이 넘어서야 정물화 스케치를 하게 되었다. 스케치 과정이 끝나면 채색 과정으로 넘어갈 것이고, 과정을 충실히 수강하며 친분이 생긴 수강생들은 드디어 액자를 장식할

자품 과정을 수류한다며 학가라도 되는 듯 좋아했다.

나는 수채화 다음으로 유화를 다루는 과정을 수강 표

로 계획하고 있었다.

한때, 연예인이었었던 원장은 작은 단서로도 인터

넷에서 검색이 되지 않았다. 세상 사람들에게 알려지

기를 꺼리는 이유에 여러 가명을 사용하고 있는 것 같

았다. 나는 연예인이었었던 원장을 위해 직책 대신 제

법 그럴듯한 이름을 불러 주어야겠다 생각한 것은 그

때문이었다. 그녀도 좋아할 것 같았다. 작은 새라는

이름으로 불러줄까 생각하다, 머릿속에 맴돌던 까따리나라는 이름이 더 어울린 것 같았다. 그렇다고 새장 안에 작은 새, 까따리나라는 긴 이름은 곤란하고, 그녀는 골치 아픈 여러 가지에 병을 합병증처럼 앓고 있는 듯, 예민하고 까탈스러웠다. 그런 의미였다. 그렇게 생각한 때부터 지어놓은 새장 안에 작은 새, 까따리나였었다. 그녀는 내 생각대로, 어쨌든 외화 속에 나오는 한 세기를 풍미했었던 여주인공인 잉그리트 버그만, 오드리 헵번, 비비안리처럼 자신을 동급으로 생각하고 있다는 뜻으로 받아들여 무척이나 이름을 마음

새장 안에 작은 새, 까따리나

에 들어 했다.

　새장 안에 작은 새, 까따리나와 함께 있는 날은 나도 그녀처럼 새가 되는 날이었다. 평소에 그녀에게 행복은 멀리 있는 것처럼 보였다. 내가 지어준 이름을 듣고 행복해하던 그녀의 모습에서 과거에 그녀도 누군가로 인해 행복했었던 때도 있었을 것이라는 생각이 들었다. 이제 그녀는 점, 선, 면의 드로잉 과정에서 도형을 드로잉해야 한다. 그녀는 반복되어 지루한 것을 좋아하는 성격은 아닌 것 같았다. 도형을 그리는 대신에 다른 수강생들처럼 과일을 좋아해 미술 학원에 간식으로 사오는 제철 과일을 그리도록, 초록색 햇 아오리 사과가 제철이라, 원 모양에 햇 아오리 사과와 원기둥 모양에 화병은 도형을 대신해 탁자 위에 보기 좋은 구도로 준비를 해 놓았다. 이번에도 그녀는 내 생각대로 기하학 도형의 드로잉보다는 앞서 수강한 학생들처럼 장식적인 의미에서 정물 드로잉하는 과정을 괜찮다 생각하는 것 같았다. 그녀는 특별한 수강생이었다. 의지나 의도와 상관없이, 그녀가 백혈병을 앓고 있다는 것을 알게 된 지는 며칠 지나지 않았다. 연예

새장 안에 작은 새, 까따리나

인, 스폰서, 배혈병, 항암 치료. 지나와 과거가 된 병과 어쩔 수 없는 일에도 나보다 나은 상황 같았지만, 그녀는 백일홍, 일년초처럼 기약을 모를, 생명이 있는 모든 것들은 죽고 사라지지만, 죽음의 고비를 한 번은 남겨두고 있었다. 그날이 오늘, 내일, 백일, 일 년 후가 될지, 그녀조차 모르는 일이었다. 핏기 없어 보이는 하얀 피부, 담담하게 보이는 행동에, 어느 정도 이해가 될 무렵, 겨울이 찾아왔다. 그녀는 전에도 똑같은 겨울을 보냈을 테지만, 내가 보는 그녀는 이번 겨울이 처음이었다. 그녀와 함께하는 겨울은 내게도 혹

독할 것 같았다. 괜찮다면, 그녀도 나도 새 생명을

얻은 것처럼 더 살 수 있을 것 같다는 생각을 했다.

안타깝게 아직은 젊어 무엇을 덧칠해도 가능할 핏기

없어 보이는 하얗고 예쁜 얼굴, 피아니스트처럼 자

유롭고자 하는 가느다란 팔과 손, 발레리나처럼 허

공을 가르고 싶어 하는 욕망이 담긴 깃털처럼 가녀

린 몸과 다리에서, 그러고자 하는 간절하지만 여린

의지를 보았다.

까따리나에게 잘 해주려 한 마음은 알고 보면 비

즈니스 차원에서 갖는 생계수단이었다. 자유분방한 그
녀에게 마음이 기우는 것은 병약함 때문이 아니라 뒤
늦게 알게 된 백혈병 때문이었다. 그녀와 나의 상황을
빠르게 저울질했던 때에 기울기와는 달리, 아픈 그녀
를 배려해야 하는 입장에 그렇다고 특별한 마음이 든
것은 아니었다. 갤러리 벽면에 액자처럼 그러한 사람
이 미술 학원에 있기 때문이었다. 무관심의 영역을 넘
어 인간의 감정을 딸딸 털어 꽉꽉 긁어모으는 애정의
차원, 인간애였다. 애정은 인간에게 있어 감정의 차원
에 관한 매뉴얼로 비인간적이지 않으면 되는 것이다.

어떤 상황에서도 감정을 잘 포장해야 하는 쪽은 내 쪽이어야 되었다. 왠지, 빚을 진 마음이었다. 그녀가 사람들에게서 확인하고 싶어 하는 것이 바로 그러한 마음일지 모른다는 생각이 들어, 그녀의 병은 형벌처럼 아버지를 생각나게 했다. 그때 나는 너무 어렸고, 그렇다고 상황이 크게 달라지지 않았겠지만, 인간애처럼 드는 미련이었다. 내 주위에 그런 사람들만 꼬이는 것 같았다. 아픈 그녀 때문에 어떤 방향으로든 마음이 조금은 움직이는 것 같았다.

새장 안에 작은 새, 까따리나

집에 오면, 미술 학원, 수강 과정, 수강생들, 공원 그리고 까따리나를 생각했다. 미술 학원에서 수강생들에게 그림을 지도한 지, 몇 개월이 지나고 나서야 그녀를 생각하는 시간도 늘어났다. 작품 구상은 조금 뒷전인지, 생각을 하다가도 샛길처럼 그녀에 대한 생각에 빠지고는 했다. 그녀는 비밀이 많은 여자였고, 시간이 갈수록 그녀에 대한 의문도 늘어났다. 그녀에게 그림을 지도하고, 간단한 이야기를 나누고, 현실을 되짚다, 그녀의 몸을 감싸는 상상에 슬쩍 입술과 입술을 포개다가도, 부드럽고 탱탱한 피부, 팔, 다리, 가슴,

몸통을 그리다 지우고는 했다. 어머니나 미미, 그녀도 누구도 아닌 뒤죽박죽 섞인 여인의 몸매였다. 최근 가깝게 만났던 미미 같았다. 아직도 미미를 생각하고 있었다. 어머니가 가족 곁을 떠난 뒤, 어머니와 같은 여자는 그리지 않겠다 다짐했던 나였다. 다른 여자는 자신을 대신해선 안 된다는 애정결핍, 공허의 자리를 남겨두고 어머니는 떠났고, 뜻대로 된 것 같았다. 내 곁을 떠난 사람들, 홀로 된 나, 비로소 다르게 보이는 사람들, 하지만 어머니 뜻대로만은 안 될 자리였던 것이었다.

새장 안에 작은 새, 까따리나

까따리나도 나처럼 미술 학원 창가에 앉아 공원을 관찰하는 것을 좋아했다. 공원이 보이는 곳에 놓인 의자에 앉아 일광욕하듯이 시간을 보내기를 즐겼다. 그럴 때는 햇빛을 받아 길게 늘어진 가발과 여린 몸은 그림 속에 소녀처럼 빛을 받아 반짝였다. 이틀 전, 그녀는 과일 가게에서 귤 한 봉지를 사왔다. 그녀는 공원이 보이는 곳에 놓인 의자에 앉아 간식을 먹는 것도 즐겼다. 도도하고 섬세한 가느다란 엄지와 검지에 손가락 끝만을 집게처럼 사용해 귤 겉껍질을 차분히 벗겨 내고, 다음은 알맹이에 다닥다닥 붙어 있는 필요

없다 생각하는 가느다란 실핏줄 같은 하얀 속껍질도 하나하나 골라 떼어 내면 되었다. 그녀는 귤 하나도 까탈스럽고 번거롭게 껍질을 벗겨 먹었다. 그녀와 나 사이에 정확하게 그어진 미묘한 신경, 경계선 같은 기분이 들었다. 그런 모습을 보면, 그녀도 나와 비슷한 종류에 불쌍한 인간으로서 완전무결, 무결점에 가까운 외로운 사람일 거라는 나의 생각을 담담한 시선으로 마주하고는 했다.

징크스처럼 이번에도 일 년이 못 되는 기간이었

새장 안에 작은 새, 까따리나

다. 그동안 미술 학원에서 있었던 일들을 생각하며 공원에 난 골목길을 걷고 있었다. 마음이 따뜻해지는 것 같았다. 좋은 일들은 추억이 되는 것 같다. 진작에 호주머니 안에 넣은 손은 아무것도 없다는 것을 확인했고, 호주머니 안에 넣은 손이 온기를 잃어가고 있었다. 나는 얼마라도 가지고 나올 것을 하는 후회를 했다. 이른 시간, 불이 꺼진 상점도 있었다. 입으로 부는 하얀 입김에 장난삼아 손을 대는 시늉은 그런대로 여유였다. 코스 중반쯤부터 슬리퍼를 교차하는 속도가 빨라졌다. 미술 학원 근처에 다 달아서야 나는 다시 까따리나의 부재에 대해 생각을 하게 되었다. 일주일에 두 번 이상은 미술 학원에 나오던 그녀였다. 그런데 이주째가 되어가도 그녀는 미술 학원에 나타나지 않고 있었다. 전화 연락도 없었다. 나는 그녀가 죽지 않았을까 하는 생각을 제일 먼저 했다. 내가 살아야 하는 이유이기도 했다. 눈물이 날 것 같았다. 그동안에 정이 들었는지, 나도 모르게 "죽으면 안 돼. 까따리나!"라는 말이 튀어나왔다. 골목에서 내 말을 들은 행인은 아무도 없었다. 내가 한 말을 들었더라도 미친 사람으로 생각지 않고, 연극 연습에 몰두하는 연

극인으로 생각할 것이다. 코스 끝에 멈춰 선 장소가
미술 학원이 보이는 건물 앞, 반대편 건널목 신호등이
었다. 내 눈에 그녀가 보였다. 이주만에 미술 학원 창
가에 모습을 비치는 그녀였다. 나는 얼굴에 급 화색이
돌았다. 그녀와 함께 서 있는 남자의 모습도 보였다.
두 사람은 싸우는 것 같았다. 남자가 한 팔을 치켜들
어, 그녀의 얼굴을 향해 내려쳤다. 방금 전 얼굴에 그
려졌던 화색이 차가운 몸처럼 어색하게 굳었다. 창가
에서 남자가 사라지고 동시에 그녀의 모습도 사라졌
다. 일 층으로 내려오는 남자의 모습이 보였다. 남자

는 자신의 차인 듯 정차해 놓은 외제 차를 타고 가 버렸다. 남자의 뒤를 따라 곧바로 일 층으로 내려온 그녀는 방금 전에 남자에게 맞은 얼굴 쪽에 손을 대고, 다른 손으로는 택시를 멈춰 세운 뒤, 남자가 떠난 방향으로 함께 사라져 버렸다. 나는 못 볼 장면을 본 것 같았다. 다행히 그녀의 입장에서는 안 좋은 행각을 내게 들키지는 않았다. 애초에 시선 따위는 생각지 않는 사람들 같았다. 그래서 미술 학원까지 왔을 것이고, 아니면 어떻게 해서 남자와 다툼까지 하게 되었는지, 모를 일이었다. 나는 그때야 새장 안에 힘없이 축

새장 안에 작은 새, 까따리나

늘어져 싸늘하게 죽은 새의 죽음을 전해 듣지 않아 다행이라는 생각을 했다. 그녀는 죽지 않고 살아있었다. 그러면 되는 것이었다. 그런데 그녀에게 무슨 일이 벌어진 것일까? 그녀는 내게서 멀어지고 있었다. 별일이 없었으면 하고 바랐다. 그녀가 내게서 멀어지면 멀어질수록, 나는 더 외로워질 것 같았다.

어촌 풍경이 내려다보이는

때로는

마음으로도 이해가 되지 않는 일이 있다는

것을 알게 되었다.

어촌 풍경이 내려다보이는

의미는 더하면 더할수록 초점을 잃고 흐려진다.

세상에 중요한 것은 없다는 듯, 그러나 필요에 의해서

라는 듯, 의미를 갖게 된다. 잃어버린 기억의 끝 부분

에 아련하게 걸려있는 어린 시절, 아버지와 나의 곁을

떠난 어머니가 생각이 났다. 처음에는 친구가 된 동네

아줌마들과 어디 며칠 여행을 다녀올 것이라 생각했다. 아무 일도 없던 것처럼, 다시 가족 곁으로 돌아올 것이라고. 그날 아침 그리고 어두워질 녘, 해가 저물어서도 어머니가 보이지 않아 어머니를 찾았다. 그러나 하루가 지나도 어머니의 모습은 보이지 않았다. 나는 어머니가 있던 장소 곳곳을 다니며 어머니 그림자를 찾기 시작했다. 어머니가 꼭 어디에 있을 것만 같고, 찾지 못한 미련에 같은 곳을 몇 번이나 뒤지기도 했었다. 그러나 어머니는 어디에도 없었다. 미련처럼 남은 어머니 영상 찾기를 포기하고부터인지, 어머니가

가족 곁을 떠났다 생각했을 때부터인지, 기억 나지 않

지만, 그때 어머니가 가족 곁을 떠났다는 것을 알게

되었고, 비로소 포기하듯이 받아들였다. 때로는 마음

으로도 이해가 되지 않는 일이 있다는 것을 알게 되

었다.

　　두터운 작업복 차림에도 거센 바닷 바람은 정신

이 혼미해질 정도로 세게 불어와 뱃머리에 부딪히는

파도처럼 가슴에 와 부딪히기를 반복한다. 그럴 때 나

는 몸을 가누지 못하고 힘없이 갑판 위에 주저앉는다.

오늘도 그런 날이다. 배를 탄 지 얼마 되지 않아 힘든 날. 나는 최근에야 바다와 육지 위에서의 울렁증이 사라졌다. 생업으로 알고 어업에 종사하는 어부들과는 달리 아직은 배 위에서 제대로 몸을 가누지 못하지만, 날품팔이를 하는 어부가 되었다. 매서운 바닷 바람에 힘없이 쓰러져 엉덩이를 갑판 위에 깔아뭉갤 때는 잠시지만 화가 나 손 대신 화를 입으로 툴툴 털고 다시 바다 위, 갑판 위에 몸을 일으켜 세운다. 나는 갑판 위에 몸을 주저앉히고, 엉덩이를 깔아뭉개면서까지 진정한 어부로 거듭날 생각은 하지 않는다. 극한의 체험에

어촌 풍경이 내려다보이는

내몰린 일을 하면서도, 단지 바다 위에 어둠을 밝히는
어선들을 볼 때는 밤하늘의 별처럼 자리를 잡고 있는
내 머릿속에 맴도는 그림 같아 감상에 빠져 들기도 한
다. 그럴 때는 아예 갑판 위에 잠시라도 힘든 몸을 눕
혔으면 하는 간절한 마음이 든다.

민들레 홀씨가 뿌리를 내리기 위해 바람을 타고
좋은 토양을 찾듯, 아버지는 푸른 바다가 보이는 어촌
마을 언덕배기에 터를 잡았다. 화가인 아버지가 굳이
풍경이 좋은 자리를 찾지 않아도 좋을 명당자리에, 아

버지는 그림 같은 풍경을 그대로 화폭에 담아냈다. 아버지가 그린 그림 제목에 <어촌 풍경이 내려다보이는 봄, 여름> 작품에 배경이 된 곳이 우리 집인데, 어촌 마을을 터전으로 살아가는 어민들의 삶을 한눈에 볼 수 있는 연작에 사용된 특이한 구도에 그림을 그린 장소, 위치였다. 병약한 아버지는 살기 좋은 장소를 모색하다, 산과 들이 아닌 바다를 선택해 어촌으로 귀촌했다. 이유가 있었을 테지만, 아버지 나름 저 너머 미지의 세계, 넘실대는 푸른 바다가 보이는 어촌에서의 자연 치유와 위안, 인생 최대 위기에 맞닥뜨려 마지막

까지 해결의 끄나풀을 놓지 않고, 치열하게 살아왔던 과거를 마감하기 위한 시간을 보내기 위해서가 아니었는지 생각이 든다. 아버지에게 가족은 짐이었을지도 모른다. 그 모든 짐들도 훌훌 털어낸 가벼운 먼지 같은 무게가 되었지만, 뒤늦은 생각이 겨울철 앞마당에 눈처럼 쌓이다가도 무심결에 시야에 들어오는 푸른 바다를 대하다 보면 말끔히 잡념이 사라지고는 했다.

내가 중학교 2학년이 되던 해에 따뜻한 봄이었다. 우리 가족에게 푸른 바다가 보이는 어촌 마을은 새로운 시작, 새로운 세계의 찬란한 빛과 같았다. 그러나 세련된 서울말을 하고 뽀얀 피부에 낯을 가리는 우리 가족을 어촌 마을에 어민들은 곱게 생각지 않았다. 어민들은 단박에 외지에서 온 사람들이라는 것을 알아 보았고, 바다 일과 상관없는 사람들이라 탐탁지 않게 생각하는 것 같았다. 잠시 머물다 가는 여행객들과 다른 대함 같았지만, 그런 느낌은 오래가지 않았다. 한편으로 귀촌을 한 우리 가족을 다른 나라에서 온 이방인으로 보며 신기한 문명에서 뚝 떨어져 불시착한, 뭘 몰라서 여유롭고 한가한 이웃으로 생각해 관심을 받

을 수 있었다. 생각보다 문화의 벽은 쉽게 허물 수 있
었다. 하지만 외계어 같은 사투리는 알아듣기 힘들 때
가 많았다. 도시에서 나름대로인, 어촌 마을에서만 경
험할 수 있는 생소한 일들에도 살기 위한 적응 기간은
우리 가족에게는 행복한 나날의 연속이었다. 그때부터
나는 아버지에게서 그림의 기초를 배우기 시작했다.
아주 어쭙잖은 나이였다. 혹여, 아버지에게 싸움의 기
술을 전수받았더라면 어촌 마을에서 살기가 더 수월
하지 않았을까 하는 생각이 들 정도로 공부보다는 그
림 그리는 일에 아버지와 함께할 시간이 많았다. 행복

은 저 너머 점과 선, 미지의 세계, 바다 끝에 있는 것
이 아니라, 그곳을 포함하고 있는 어촌 마을에서 느끼
는 행복이었다. 저 너머 미지의 세계와 같은, 작고 아
련해 과거를 포함한 현재에서 느끼는 행복. 행복했었
다는 것만으로도 행복한, 행복한 과거의 기억이 있어
행복한, 그해의 행복한 봄이 지나가고 있었다.

아직 다 해를 토해 내지 못한 빨간 해가 바다 끝에
걸려 있었다. 하루 동안에 피비린내 나는 삶의 사투가
벌어질 작은 어촌 마을에 아침을 알리는 시작의 빛이

었다. 바다에 풀어진 빨간 흔적을 아버지와 나는 각자 다른 의미로 해석하고는 했었다. 그저 자연 앞에 사람 인 내가 살아있다는 자체에 물아일체 돼 감정이 이입 되는 것이고, 무엇을 느끼느냐의 감정은 사람마다 크 게 다르지는 않을 것이다. 그렇듯, 인간이 자연에 귀 속되어 있다는 사실만으로 인간만이 갖는 위안과 안도 사이에서 유사한 감정은 고려치 않아도 좋을, 부자 사 이에 바다는 많고 많은 물감들 중에 색상을 선별하는 그림 놀이의 주제와 소재였다. 인간 외에 생물 중에 감정에 대해 잘 알고 있는 것이 있다면 인간의 감정이 과연 어떠한 취급을 받게 될지 인공지능로봇까지 생각했다. 그동안 분명한 잣대의 기준에 인간의 감정이 희소하고 진귀한 보석처럼 여겨져 왔었던 것은 부인할 수 없는 사실이다.

작은 어촌 마을에 해가 뜨고 지는 일출, 일몰 시간대는 음울한 분위기가 최고조로 연출이 된다. 할 일 없는 시간에 음울한 어촌 마을, 항상 물에 젖어 마를 사이가 없는 검은 물때와 갈색 이끼, 빛이 들지 않는 바닷속처럼 오래되고 낡은 어항은 배가 나가고 들어오

기를 하면서 왠지 쓸쓸함을 자아낸다. 하루를 살아야

하는 자연, 시간, 영역 안에서 위태로운 삶이 이어지

는 곳이 바다를 터전으로 살아가는 어민들의 또 다른

모습인 것이다. 바다의 어부들은 무엇으로 가득 차 있

는 목표물을 향해, 판도라 상자 속 같은 바닷물에 그

물을 던지고, 잉여물인 신선한 생선을 끌어올리기 위

한 사투를 벌인다. 만선의 포부에도 신이 인간에게 허

용하는 만큼만을 순응하며 살아가는 소박한 마음을 가

진 어민들, 살겠다고 버둥대는 그물에 걸린 물고기의

구부러짐을 보면, 억센 억양의 말투를 사용하는 어부

와 아낙네의 목소리에 담긴 그들의 삶을 알 수 있을 듯했다. 어촌을 무대로 끼룩끼룩 울어대는 갈매기 소리도 고즈넉한 시간이 되어서야 인적이 드문 어촌 마을에 소리를 대신해 들린다. 지금 같은 겨울, 매서운 바닷 바람은 파도를 가만히 놔두지 않고, 조각도로 나무판자에 홈을 내듯 바다의 파도를 산산이 부서뜨리는 투박하고 거친 바람과 파도가 쳐야 참맛이 나는 어촌 마을에 사는 어민들의 제철 바다인 것이었다. 하지만 나 같은 태생의 사람은 바람을 무방비 상태로 맞다 보면 맨살이 찢어지고 퉁퉁 붓는다. 배에서 내린 후,

어촌 풍경이 내려다보이는

물에 젖은 그물처럼 무거운 몸을 겨우 집까지 끌고 와 몸도 씻지 않고, 쓰러져 잠자기를 반복한지, 네 달이 넘었다. 새해가 오고 있었다. 달력을 보니 그랬다. 하지만 내게는 가는 해, 오는 해도 그리 반갑지만은 않았다. 어촌 마을 어민들과 다르게 내게는 가는 곳마다 생각이라는 그림자가 따라다녔기 때문이었다.

가만히 생각이라는 바닷물에 빠져 잠수를 하다 보면 보물선을 찾듯 아버지가 그린 그림에 의미를 좇아, 그동안 생각지 못했던 아버지의 생각들과 만나기도 했다. 한 발짝 뒤에서 아버지의 생각을 좇기 위해 나를 따랐던 그림 도둑놈. 허울 좋게 그림을 그리겠다는 구실과 그렇지 않은 현실. 하는 일이라고는 고작 그림을 그리겠다 스스로를 벼랑 끝으로 내몬 원망, 압박, 결의, 각오의 결집이 응축된 생각이라는 교차로에 우두커니 서 있는 일이었다. 나는 붓 끝에 마음을 다잡고 붓과 나 사이에서 절박한 씨름을 하고 있었다. 미세하게 붓끝이 들썩일 땐, 붙잡고 있던 붓보다 덩치가 큰 나의 몸도 따라 들썩였다. 세상의 뒤편으로 밀려나 자리한 초라한 덩치를 그동안 나는 위대한 모습으로 보앗었다. 그래서 눈물이 났다. 아버지의 병든 폐는 이미 레이더처럼 그것을 감지하는 시스템이었던 것 같다. 예술가들이 자아낸 드라마틱한 삶의 견본처럼 죽음에 이른, 세상의 빛을 보지 못한, 여기 또 한 명의 무명의 예술가는 죽고, 나는 그런 아버지의 죽음을 곁에서 안타깝게 지켜보아야 했었다. 예술가였던 아버지의 삶을 조명해야 하는 일은 자식으로서 마땅히 해야 하는 내게 남겨진 과업이었다. 마지막으로 남들과 다른 삶을 살다 간 아버지의 자존심을 비석처럼 세우는 일은 예술가였던 아버지도 마땅하게 생각할 것 같았다. 줄 것은 마음밖에 없지만, 충실히 아버지의 뜻에 다가가 중심에 자리하고 싶은 마음은 누구보다 간절했다. 아버지가 그토록 원했던 그림에 대한 열망을 뒤늦게나마 극적인 상황에서 해바라기처럼 방향을 틀어 해내고 있었다. 피는 속일 수 없는, 그 아버지의 아들처럼.

아버지에 대한 생각에서 살짝 방향을 옮겨 아버지가 그린 그림을 보다 보면, 도시에 살아 도시를 배경으로 그렸던 그림보다는 어촌 마을을 배경으로 그린 그림은 특별한 의미가 없는 것 같았다. 도시를 배경으로 그린 그림은 뉴욕을 배경으로 한 그림처럼 가공에 사실성이 자연스럽게 배제된 기하학적 공간에서 느낄 수 있는 축약에 함축미가 있었다. 삶의 공간이 바뀌고, 아버지의 화풍에 대한 세간의 이목에 제2의 도약을 기대했건만 기대와는 달랐다. 아버지는 우리 집에서 내려다보이는 바다, 어항에 나란히 정박된 어선들을 배경으로 한 어촌 마을에 풍경을 즐겨 그렸다. 봄과 여름을 배경으로 우리 집에서 내려다보이는 언덕을 그린, 짧은 풀이 긴 풀과 꽃으로 바뀐 것 외에는 다를 것 없는 풍경화였다. 계절의 변화에 따른 사계에 <어촌 풍경이 내려다보이는 봄, 여름> 풍경화 연작으로 특이한 점은 대담한 구도를 사용했다는 점이다. 아버지는 그해 가을, 겨울에는 그림을 그리지는 못했다. 아버지가 어촌 마을을 배경으로 그린 그림에는 활기란 찾을 수 없고, 그 반대였다. 도시를 배경으로 그린 그림보다는 밝은 빛을 사용해 삶의 의미를 다른 빛으로 해석한 것 같았다. 병들고 나이 든 아버지는 대지 위에서의 삶처럼 어촌에서의 삶도 똑같다 받아들여 다를 것 없는 그림을 그렸다. 아버지는 병원에서의 재활치

어촌 풍경이 내려다보이는

료처럼 어촌 마을에서 무료하지만 심신을 달래며 취미

삼아 그림을 그리는 정도로만 작품 활동을 했다. 현상

을 있는 그대로 보고 받아들이는 신의 구도에 가까운

화가의 시점에서 정적인 세계관에 입각해 적당한 거리

를 두고 전적으로 타인에게 의미를 전가, 부여하는 방

식에 화가의 생각이 배제된, 내가 그림을 대하는 세계

관과는 달랐다. 나는 육체와 정신이 성장함에 따라 뒤

늦게 새로운 의미를 찾고 재발견하는 생각들이 많았

다. 어촌 마을에서 아버지는 시간에 순응하는 모습을

보였다. 그렇기에 아버지가 바라보는 어촌 마을에 풍

경은 나른한 따뜻한 봄과 여름이었는지도 모른다. 반 년 사이에 그렇게 연작의 그림을 남겼고, 아버지에게 큰 변화는 보이지 않았다. 동일한 장소에서 우리 가족 은 다른 세계를 꿈꿀 수 있는 여건은 아니었지만, 아 버지의 생각과 다른 관점이 붉어졌다. 그러므로 알게 된 어머니였다. 미리 한계를 정해놓은 것처럼 어머니 는 어촌 마을에서 자신이 정한 한계의 선에 아버지나 나보다 조금 더 빨리 종착점에 도착했다. 후발 주자인 아버지나 나도 그렇게 될 것이라는 것을, 행복을 비껴 가 불행을 정면으로 맞은 것이었다. 낯선 곳에서 새

로움이나 두려움에도 나는 어촌 생활이 싫지는 않았

다. 일찌감치 어머니는 여러 이유에서 나름대로 노후

에 대해 아버지와 다른 생각을 갖고 있었다. 어촌 마

을에 사는 어민들도 힘든 계절인 가을, 겨울이 되어서

야 아버지의 건강에 적신호 징후들이 나타났다. 아버

지는 기침을 자주 했고, 몸을 가누기 힘들어했다. 연

작의 그림을 그리기에 가을과 겨울에 날씨는 아버지

의 건강에 치명적이었다. 그런 아버지는 캔버스 위 밑

그림을 그리는 스케치 단계에서 멈추기를 했다. 희미

하게 그려진 스케치였지만 아버지 의지만큼은 볼 수

있었다. 찾아온 계절의 가을 단풍처럼 그때부터 여행
자들의 눈으로 보는 아름다운 풍경이 아닌 물이 빠진,
감정을 뺀, 비로소 어촌 마을에 차분히 마음을 내려놓
는, 어른이 된 것 같았다.

　　어촌을 거닐다 보면, 내 눈이 색맹이 아니라는 사
실을 적나라하게 확인하는, 대가리가 잘리고 긴 내장
이 발라져 빨간 피가 바닥에 홍건한 몸통만 남은 생선
에 해체는 충격이었다. 그해 겨울이 그랬다. 아버지가
앓고 있던 폐병은 내게 큰 충격이 아닐 수 없었다. 아

버지는 가을부터 바다를 타고 넘어오는 차가운 바람에 기침이 심해져 피를 토하기도 했다. 빨간 피에 생선처럼 아버지의 삶과 죽음을 가르는, 시간이 얼마 남지 않은 암시 같았다.

　날품팔이 어부를 하면서 잠만 자면 발도 닿지 않는 심해의 끝으로 떨어지는 검은 실체, 정체 모를 실뭉치에 사지와 몸이 묶여 옴짝달싹 움직이지 못하고 수중에 부양하는 공포에 꿈을 꾸고 식은땀을 흘리며 잠에서 깨고는 했었다. 바다에 나가 어선 위에서 극한

체험을 하는 것은 내게 공포 그 자체였고, 잠만 자면 비슷한 꿈만 꾸었다. 그러나 위험수당만큼, 하루 일당은 쏠쏠했다. 몇 달을 일해 놀아도 될, 나는 어느 정도 돈이 모이면 시간을 빈 깡통처럼 날려 보내며 빈둥대다 성어기가 되면 다시 날품팔이에 나섰다. 정작 그물에 걸린 이름도 모르는 물고기를 잡으면서도 말이다. 허송세월에 나이만 먹는 것 같았다. 이미 구멍 난 가슴으로 푸른 하늘과 바다가 드나들어 눈에 담는 것 외에 다른 일은 아무것도 하고 싶지 않았다. 시간에 내몰린 운명은 결정지을 때가 되었다 말했고 마음속에는

어촌 풍경이 내려다보이는

세월에 꾹꾹 눌러 담아 놓은 비장한 용기가 있음을 알고 있었다. 나는 그림 그리는 일이 아니면 안 된다는 절박하고 절실한 마음으로 붓을 붙들고 그림 그리는 일에 몰두했다. 그리고 다시 그리기를 반복하며, 그렇게 해서 처녀작 <0(의 세계)>를 완성해 가고 있었다. 나를 가로막아 둘러싸고 있는 것들로부터 벗어나기 위한 그림이었고, 그런 시도였다. 과거에 아버지가 어촌 마을로 귀촌했던 것처럼 작품이 완성에 가까워지자 나를 이끄는 도시로 떠나야겠다는 마음도 확실해졌다. 넓은 바다를 눈앞에 펼쳐 놓고도, 그 안에서 형용

할 수 없는 세계가 나를 붙들고 놓아주지 않는다 생각

하니, 어머니처럼 내게도 못 견딜 곳이었다.

　　아버지가 죽고, 십 년이 흐른 후, <ㅇ(의 세계)>

작품 하나를 완성할 수 있었다. 너무 늦지 않아 다행

이었다. 게다가 기회가 닿아 수상도 하게 되었다. 드

디어 나는 화가의 반열에 오르게 되었다. 아버지가 살

아 있었다면 제일 먼저 달려가 함께 기쁨을 나누고 축

하를 받을 사람이었다. 아버지는 나의 그림 스승이었

었고, 당연히 그래야 하는 것이 마땅하다. 대중에게

어촌 풍경이 내려다보이는

젊은 화가의 어머니는 일찍이 자식을 버리고, 젊은 화
가의 스승인 아버지는 폐병으로 죽어라는 개인사가 그
림에 이해를 돕기 위해 꼬리표로 붙지 않아 다행이었
다. 그런 걸 두고 동정이라고 하는 것이었다. 내가 그
린 그림이지만, 이해를 구하는 설명을 구구절절 다 할
수는 없고, 개인사로 동정의 관심을 받는 것은 아직
내게 탐탁한 일이 아니었다. 신인으로 등단한 화가가
감당하기엔 그럴 것 같았다.

캔버스 위, 상반신의 검은 실루엣에 한 남자가 그

려져 있다. 그보다 낮은 톤에 배경. 시선을 주목해야

하는 부분은 남자의 중앙부에 위치한 영적 세계의 개

념과 같은, 숫자 O에 가까운 동그라미 구멍이다. 그

부분에 일출, 일몰의 붉은 바다에 붉은빛을 유화 물감

을 사용해 붓으로 거칠게 담아냈다. 현대미술, 초현실

주의에 입각한 추상화로, 바다라는 의미보다는 그림에

간접적으로 표현되는 근원, 조력의 힘을 빛으로 나타

낸 것이었다. 남자의 중앙부에 위치한 동그라미, 사람

의 눈을 통한 비상식적인 위치에 있어 무게감, 역설적

인 빛, 색감의 의미로 플러스한 것이고, 언뜻 쉽게 이

어촌 풍경이 내려다보이는

해되지 않겠지만, 도시가 아닌 바다에서 개인사를 생

각게 하는, 난해한 그림에 해석이 필요한 작품을 사단

법인 미술 세계가 주최하는 서양화 부분에 출품하게

되었던 것이다. 대상, 금상이 아닌 뒤늦게 영예에 대

해 후회할 필요가 없는 은상에 해당하는 수상에 영예

를 안았다. 그래서 기뻤다. 나는 사물을 미화해 그림

을 그리기보다 인간의 신체를 정면으로 응시해 의사의

눈처럼 어떤 면을 부각하고 해부를 하듯, 현실에서 문

제로 발생하는 극한의 영역 안에서 인간의 대안, 해법

을 비틀어 현실과 마주하는 방법을 단서로 차용했다.

예술가들이 자신의 생활이나 감정을 포함한 사상, 영

역 안에서 모티브를 찾듯이 나도 그랬다. 그물에 걸려

바람에 마른 생선포처럼, 바다 위에서 삶을 내 말릴

수만은 없는, 눈물을 삼켜가며 화가로 거듭나기 위한

그림이었다. 붓 가는 대로 아무렇게나 그린 그림 같지

만, 그 속에 담겨진 의미를 짚고 찾는 과정은 매우 중

요하다. 화가 자신에게도 말이다. 예술적 표현의 갈구

는 숨은 그림처럼 의미를 찾기 위한 하나의 놀이이다.

어느 그림에서 보아 착각할 수 있을, 그림 중앙에 동

그라미는 삶의 굴레에서 인간이 갖는 물질적 공허와

어촌 풍경이 내려다보이는

채움의 의미가 아닌 일방적인 시각에 위치한 세계관,
형이상학적 관문, 천공과 같은 의미로, 관조적 교류,
외부, 내부 세계를 역동적으로 표현한 것이다. 먼저,
의미를 생각하고 그린 그림이 아니라서 학예회에서처
럼 공공연히 사람들 앞에 나서지 못하고 장황한, 나는
간결하고 이해가 쉽도록 그림의 의미를 사람들에게 말
해주고 싶었다. 나는 이미 다 그린 작품에 의미를 찾
기 위해 뒤늦게 고뇌를 하고 있었다. 집착인지 모를,
예술가적 고뇌의 자존심 같기도 했다. 말했듯, 아무것
도 없는 무의(無依), 내면, 그대로의 세계, 자연의 세계. 그러나 나는 어촌 마을을 배경으로 풍경화를 그린 적은 없었다. 생각에 생각을 하다가 아버지의 그림에는 있고, 나의 그림에는 없는 핵심을 알게 되었다. 표현의 자유에 관한 문제는 아니었다. 감정과 감각 사이에서 인간이 어디로 그림을 이해하고 감동하느냐 하는 관건의 문제였다. 예술가라면 문제와 논리를 논하기 전에 너무 많은 제약과 구속에 빠져서는 안 될 것이다. 그러한 면에서 나의 그림은 단순하지 않았다. 값어치를 떠나 독특한 취향에 사람들을 만족시킬 그림에 해당할 한정된 의미의 한정판 그림 같았다. 나는 뒷골

어촌 풍경이 내려다보이는

이 당기고 가슴이 씁쓸했다. 정작 그림을 그린 당사자인 자신은 그림에 만족하고 있는가였다. 그런 면에서 의미 없는, 의미를 만들어서라도 부여해야 할 필요성에 대해서는 누구보다 잘 알고 있었다. 내 삶도 고루해 의미를 부여해야 할 필요성이 있었다. 나는 핑계처럼 그림을 그리고자 했던 마음만큼이나 하고 싶은 말이 참 많은 사람 같았다. 자질구레한 의미는 그림 속에서 찾아야 하는 그림을 대하는 과정이고, 이미 그림은 내 손을 떠난 후였다. 수상 소식을 전해 듣고, 몇주 지나지 않아, 전시된 내 <ㅇ(의 세계)> 작품은 서울에 사는 모 사업가에게 팔렸다는 소식을 재단을 통해 들을 수 있었다. 사업가가 어떤 생각을 갖고 내 그림을 구입했는지 모르겠지만, 후원금 등에 명목비를 떼고도 꽤 되는 적지 않은 금액이 통장으로 입금되었다. 처음으로 순수하게 그림을 그려 번 돈이었다. 그러므로 나를 괴롭혔던, 이번 작품의 의미에서 어느 정도 벗어날 수 있었다. 나는 숙주를 옮겨, 다시 어떤 그림을 그려야 하나에 대한 새로운 자학을 하기 시작했다. 연속적인 생각을 불연속적으로 하지 않았다면 혼돈에 버무려져 잊을 차기 작품에 대한 고민이 도미노처럼 놓여있었다. 다행스러운 상황은 내 손을 떠난 그림에, 사람이 돈이 있을 때는 돼지처럼 안락할 수 있다는 것도, 여전히 수습되지 않은 생각만이 잔여물처럼 남아 만감이 교차했다. 내가 꿈꾸던 도시는 아니었지만, 갈매기처럼 높이 멀리 날 수 있을 신호탄 같기도 했다. 꿈꾸어 온 도시, 꿈에 그리는 도시에서라면 그림 그리기가 훨씬 더 좋을 것 같았다.

더 나은 행복을 위해 부모님이 어촌 마을로 귀촌을 결정지었을 때부터 우리 가족에게 행복은 조금 어굿나 있었다. 잘못된 결정이라 생각지 못했고, 그로 인해 더 큰 불행이 있을 것이라 생각도 못했다. 다 잘 될 것이고, 어려움을 지탱할 정도에 대비책은 있을 것이라 순풍으로 알고 흘러가는 대로 돛을 맡겼다. 상황이 원하는 방향으로 흘러간 것이 아니었기에 불행을 알아챌 수 있었다. 시간이 흘렀어도 누구에 관한 책임의 문제는 아닌 것 같다. 우리 가족은 행복하기를 원했으니까. 빌어먹을! 고작 일 년이었다. 은행에 예금을 든 것처럼, 일 년의 행복론을 논하기 전에 아버지는 일 년 동안의 삶과 나머지는 죽음을 선고받은 시

한부 환자였었다. 만기를 넘기지 못하는 일 년이라는 기간은 우리 가족은 함께 있는 것만으로 행복해야 했고, 그 사실을 알지 못했던 나는 누구보다 행복한 때를 보내고 있었다. 우리 가족에게 행복이 영원할 것만 같았다.

일 년 정도 살 수 있다는 의사의 선고를 받은 아버지는 의사의 말을 쉽게 받아들이지 못했다. 긴 삶에 있어 일 년 정도만 살 수 있다는 의사의 선고는 누가 보아도 너무 짧은 기간에 청천벽력 같은 소리였다.

아버지는 의사의 선고를 고리대금업자처럼 사람의 생명을 담보로 절벽 끝에 몰아세워 극도의 불안을 조장해 사람을 죽이려는 심산에 농간을 부리는 능력 없는 파렴치한 돌팔이 의사로 피를 토하듯 화를 내며 말한 적이 있었다. 아버지는 의사로부터 간단한 질병의 병명으로 치료를 받으면 나을 수 있다는 말을 듣고 싶어 했는지도 모른다. 다른 병원에서 진료, 진단을 받은 아버지는 병원 옮기기를 멈추고, 그런 후에는 병원에서 진료를 받지도 않았다. 아버지는 당장에 죽을 것처럼 아프다 말하지도 않았다. 어머니와 나는 아버지

의 건강이 좋아진 것으로 알았고, 귀촌을 생각하는 아

버지를 따라 어촌 마을로 귀촌을 했던 것이다. 그러나

일 년도 못되어 아버지는 어머니와 합의 이혼을 했고,

아버지의 건강은 악화되었다. 우리 가족에게 가족의

개념이란 각자의 행복보다 중요하지 않은 그보다 하위

의 개념인 것 같다. 고상한 예술가, 화가라는 직업을

가진 아버지는 어머니와의 오랜 결혼 생활에서 경제적

으로 무능한 가장의 밑바닥을 들어내고야 말았다. 가

난한 집 아들이었던 아버지가 부유한 집 자식이나 향

유 할 법한, 그림을 그리며 생계를 꾸리기에 현실은

그리 호락호락하지 않았을 것이다. 극단적인 선택에

외지에 어촌 마을까지 귀촌하게 되었고, 여러 해 동안

그림 한 점 팔지 못해 수입이 없는 경제적 빈곤의 이

유로 어머니와의 결혼 생활이 파탄으로 끝나는 것을

쉽게 용납하고 싶지도 않았을 것이다. 아버지에게 어

머니와 합의 이혼은 인생에 있어 실패 작품보다, 어머

니에게조차 예술가로서 평가 받지 못한 결과의 차원으

로 받아들여져 괴로웠을 것이다. 그러나 어머니는 자

유의 몸이 되었고, 병든 아버지와 노후를 함께하지 않

아도, 다 큰 남자아이인 나의 양육 문제에 의무를 다

하지 않아도 된다 생각했던 것 같다.

아버지와 이혼을 한 어머니는 어촌 마을을 떠나
친척들이 있는 서울로 상경해 새로운 가정을 꾸렸다는
이야기를 후일에 들을 수 있었다. 어머니가 곁을 떠나
고, 아버지도 죽음을 바로 면전에 두고 있었다. 학교
를 다녀와 방에 외로이 누워있는 아버지의 죽음을 알
아채기까지, 최후를 그려야 했다. 학교를 다녀와 방문
을 열고 아버지를 불렀는데, 평소에 잠을 자던 자세로
이불 속에 누워 움직이지 않아, 떨리는 마음으로 아버

지를 흔들어 깨웠지만 미동이 없었다. 아버지는 아침

상을 받고 나서 숟가락도 시간이 흐른 후에 붓도 손에

들지 않았던 것 같았다. 게다가 아버지의 마지막 걸

작인 듯, 혼신의 힘을 다해 쏟아 낸 캔버스가 아닌 방

안에 하얀 벽지와 방바닥에 토해낸 검붉은 피의 혈흔

의 흔적이 그랬다. 이미, 아버지는 죽어 있었다. 밖

의 날씨와 다르게, 아버지가 죽지 않고 잠을 자고 있

다 착각이 들 정도로 방의 온기는 따뜻했다. 다른 흔

적에 내 눈에 쓸리지 않던 방바닥에 그대로 놓인 라이

터와 불이 붙지 않은 담배도 아버지의 시신처럼 아른

하다. 어머니나 나나 아버지가 피려고 했던, 피지 못한 담배보다 못한 입장이었다. 죽을 때는 순서가 없다지만, 마지막 가는 길에 함께 하지 못한 일은 후회가 아닐 수 없다. 그러나 끝내 어머니에게 아버지가 죽었다는 연락은 전하지 못했다. 대신 고모부와 몇몇 친척들에게 아버지의 부고를 알려야 도리였다. 잘 알지 못하는 어촌 마을에서 천애 고아가 된 것 같았다. 아버지의 장례는 어촌 마을 어르신들의 도움이 있었다. 며칠 밤낮을 낯선 어민들이 왔다 시끄럽게 떠들다 갔다. 그러나 아버지의 상을 치르는 동안 서울에서 어촌 마을까지 내려온 친척은 단 한 명도 없었다. 마지막으로 나는 아버지가 즐겨 그렸던 잔잔한 바닷가 바위 위에 앉아 하얀 재로 된 아버지의 몸을 바람에 실어 바다에 날려 보냈다.

마음을 결정하고 나니, 여러 생각을 하지 않아도 되었다. 상처만 남은 어촌 마을에서 떠나기만 하면 되는 것이었다. 떠나기로 결정을 하고부터 갑자기 파도처럼 그리움의 감정이 밀려드는 것 같았다. 혼돈해서는 안 되었다. 그것은 그리움이 아니라, 나를 아프게

어촌 풍경이 내려다보이는

한 슬픔이었다. 마음을 굳히기까지, 슬픔의 감정이 애
매한 감정으로 잘게 부서지다 용기에 밀려 밀물과 썰
물로 반복되다 잔잔해졌다. 더 이상 어촌 마을에서 머
무를 이유가 없었다. 나에게는 결정적 동기가 있었다.
언제까지 바다에 시간을 떠맡길 수는 없었다. 겨울에
바닷바람이 봄날에 따뜻한 바닷바람처럼 코끝을 간지
럽혔다. 어촌 마을을 떠날 날도, 봄도 얼마 남지 않았
다. 나는 모든 여건에서 떠날 때의 외로운, 지금에서
야 여행자의 입장이 된 것 같았다. 나는 우리 가족이
이곳에서 풀었던 짐 정리를 하기 시작했다. 아버지가

죽고, 주인의 손이 닿지 않아 방치된 그림과 화구들이 유품처럼 남겨져 있었다. 그러는 동안 시간도 방치된 화구들과 같았고, 별일이 많지 않아, 할 일이 없는 어촌 마을 같기도 했다. 아버지 살아생전, 어촌 마을에서 그린 <어촌 풍경이 내려다보이는 봄, 여름> 연작의 작품과 고인의 유품이 된 작품들을 서울에 사는 큰아버지 집으로 보내야 했고, 떠날 날을 한 달 남겨두고 정리해야 할 일들도 있었다.

아버지가 죽었을 때, 방바닥에서 보았던 담배와

라이터를 치워야겠다 생각하고 호주머니에 넣어두었
다가 잊고 있던, 파도가 부서지는 바위 위에 앉아 하
얀 재가 된 아버지를 바람에 실어 바다에 날려 보내다
아버지가 피려 했던 담배와 라이터가 손에 잡혀, 그때
부터 조금씩 담배를 피우기 시작했다. 어촌 마을에서
핀 하얀 담배 꼬리는 진작에 잘리고, 길게 늘어진 S자
해안 도로를 따라 번화가까지 걷고 있었다. 날이 풀리
면 떠나기에 좋을 계절일 테지만, 그래도 아직은 늦은
겨울이었다. 어머니나 친척들과 연락을 하지 않고 지
낸 지 손가락이 모자랄 정도였다. 최근에 아버지의 작

품을 서울에 사는 큰아버지에게 보내기 위해 전화 통화를 한 적이 있었다. 내게도 소식을 통할 핸드폰이 필요하기는 했다. 마침 새로 개업한 핸드폰을 파는 상점 앞에 사람들이 무리지어 있었다. 상점 앞에서 행사가 펼쳐지고 있었다. 앳돼 보이는 내레이터 모델이 행사 진행자였다. 만화 속 주인공을 코스프레 해 한 손에 마이크를 잡고 다른 한 손으로 마술봉을 휘두르며 짧은 치마에 패딩 잠바를 입고 유행가에 맞춰 노래를 따라 부르며 백치처럼 엉덩이와 허리를 좌우로 씰룩쎌룩 움직여 가며 춤을 추고 있었다. 장날도 아닌데, 대

어촌 풍경이 내려다보이는

낮부터 술에 취한 일행들은 노래와 춤을 따라 하며 또 한 번 흥에 취하고, 내레이터 모델 뒤로 바람에 힘없이 나풀거리는 긴 팔에 키가 큰 튜브 인형도 눈에 띄었다. 튜브 인형의 움직임을 따라 하는 철없는 아이들도 있었다. 촌사람들에게 신기한 구경거리였다. 구경꾼들과 함께 나도 눈요기를 톡톡히 하며 행사를 구경하고 있었다. 내레이터 모델은 한 시간 정도 한껏 흥을 돋고 나서 스피커 위에 올려놓은 긴 패딩 점퍼를 덧입고 냅다 상점 안으로 달려가 춥다는 듯 난로 앞에서 발을 동동 구르고 있었다.

상점 앞에 구경꾼들이 몰려있었지만, 행사는 당장에 효과는 없는 것 같아 보였다. 언뜻 보아 상점 안에는 나처럼 핸드폰을 구입하기 위한 손님 세 명과 직원 두 명, 나레이터 모델, 여섯 명이 전부였다. 나는 핸드폰을 구입하기 위해 설명을 듣다가 약정 기간이 너무 길고, 한 달 후면 어촌 마을을 떠나야 하기에 구입은 조금 더 있다가 해야 좋을 것 같다는 생각이 들었다. 오는 길에 담배를 여러 개비 피웠더니 머리가 지끈 아팠다. 나는 밖으로 나와 눈에 보이는 찻집으로 향했다. 찻집으로 온 나는 바다가 보이는 자리에 앉았

다. 그런 후에 종업원에게 따뜻한 차를 주문했다. 창
밖으로 파도가 쳤지만, 찻집 안은 낮은 음악 소리만이
잔잔하게 들렸다. 나는 종업원이 가져다준 따뜻한 차
를 마셨다. 찻집 안으로 밖에 찬바람이 들어왔다. 손
님인 것 같았다. 나를 따라온, 그렇게 생각했는데, 내
생각이 맞았다. 내레이터 모델이었다. 내 앞에 내레이
터 모델이 서 있었다. 나는 왜 그러느냐는 듯, 뚱한 표
정을 지었다. 내레이터 모델은 내게 외지 사람이냐고
물었다. 그때야 입을 떼, 그렇다 말을 했다. 그럴 줄
알았다는 듯, 내레이터 모델은 허락도 없이 정면에 놓

인 내 앞 의자에 앉았다. 나는 내레이터 모델에게 차를 시켜주어야, 말아야 하나를 잠시 고민하고 있었다. 명료하게 내레이터 모델은 차를 시켜주면 안 되느냐고 내게 말을 했다. 내가 왜 처음 보는 여자에게 차를 사주어야 하느냐고 지질하게 트집을 잡고 답변을 유도하지는 않았다. 상점 앞에서 행사를 했던 내레이터 모델이 영업사원처럼 핸드폰을 팔겠다고 집요하게 나를 따라온 것 같지는 않고, 나는 아무런 대답을 하지 않고 있었다. 내레이터 모델은 내가 대답을 하기도 전에 종업원을 불러 차를 주문해 버렸다. 종업원은 내레이터 모델을 아주 모르는 사람이 아닌 안면이 있는 사람으로 대하는 것 같았다. 종업원이 사라지고, 내레이터 모델은 날이 추워 오늘은 몇 시간만 행사를 했다며, 내일 또 행사를 한다는 말을 했다. 그렇게 말을 하고, 콧물이 나오려는지 코를 훌쩍였다. 어촌 마을로 이사 와, 학교에 다녀야 했던 나는 가족 중 유독 이방인으로 취급 당했다. 어촌 마을에서 지내다 보니, 그들끼리는 쉽게 말도 건네고 스스럼없이 지내는 모습을 지역색으로 받아들였다. 나는 이런 낯선 상황이 어이없기도 하고, 나오려는 웃음을 꾹 참고 이름을 물어보

왔다. 이름이 재미있었다. 철수와 영희 그리고 친구뻘

되는 이름, 인형처럼 미미였다. 나의 이름도 만만치

않아 미미라는 이름에 버금간다. 아버지는 허 씨 성에

천기, 어머니는 왕년, 조선 시대도 아니고, 외아들인

나의 이름은 어머니처럼 외자 이름을 따라 공이었다.

통성명을 한 후 우리는 간단한 대화를 더 나누었다.

미미와 헤어지고, 미미를 생각하며, 혼자서 피식

피식 웃으며 갔던 길을 되돌아 집으로 왔다. 미미는

내게 내일 또 행사를 한다는 말을 했고, 나는 그 말을

"내일 또 만나고 싶네요"라는 의미로 생각하고 싶었다. 하지만 그런 의도일 리 없었다. 내 생각과 맞지 않더라도, 그런 말을 하지 않았더라도, 허탕을 치더라도, 나는 미미를 만나기 위해, 몇 번이고 길게 늘어진 S자 해안 도로를 따라, 내일도 번화가까지 가려 했었다. 아침이 돼, 나는 행사가 있을 번화가 상점으로 향했다. 어제처럼 미미는 노래를 부르고 춤을 추고 있었다. 나와 눈이 마주치자 나를 보고 아는 척 팔을 흔들었다. 나도 안다는 듯 팔을 올려 답례를 했다. 미미는 어제와 같은 시간 정도만 행사를 하고, 우리는 어제 이야기를 나누었던 찻집으로 자연스레 향했다. 그렇게 시작된 만남이었다. 미미는 나보다 다섯 살이 어렸다. 지역 본토박이인 미미는 어촌 여자처럼 통통 튀고 귀여운 구석이 있었다. 하지만 철이 없지만은 않았다. 만나는 동안은 미미에게 진심으로 대하고 싶었고, 그런 모습을 보여 주고 싶었다. 그래야 할 것 같았다. 시한부 환자의 남은 삶처럼 만남에 주저하거나 후회할 나이에 사람들이 아니었다. 우리가 무슨 생각을 갖고 사귀기까지 했는지 모르겠지만, 나는 미미를 만나기 위해 한 달 동안을 매일 길게 늘어진 S자 해안

도로를 따라 번화가까지 나오는 일을 마다치 않았다. 서로를 알아가기에 한 달이라는 기간은 짧지만, 우리는 친구보다는 연인 쪽에 가깝게 지냈다. 한 달을, 진흙탕에 빠진 사람처럼 질퍽대며 허우적댔다. 그런 내 모습을 보면서 미미는 불안해하지 않았다. 나도 그런 내 모습이 싫지 않았다. 미미와 함께 있을 때는 시간도 짧게 느껴져, 한 달이 빠르게 지나갔다. 봄이 되었다. 어촌 마을에서 더 시간을 보내고 싶었지만, 미미를 만나기 전부터 나는 어촌 마을을 떠나기로 굳은 결심을 하고 있던 터였다. 사정을 잘 알고 있던 미미는

끝까지 나를 붙잡지는 않았다. 만약 미미가 곁에 있어

달라고 나를 붙잡고 애원했더라면, 나는 어촌 마을을

떠나지 않았을지도 모른다. 미미와 조금 더 긴 시간을

보내기 위해 어떤 일이라도 하며 미래를 약속했을지도

모른다. 우리는 가난한 연인이었고, 어촌 마을을 떠나

는 나를 위해 미미가 배웅을 했던, 기차역에서의 만남

을 마지막으로 우리는 헤어지게 되었다.

O(의 세계)

세상에 존재하는,

오답이 진리라는 것을 빨리 알아채는 일이

중요한지 모른다.

　　인간은 세상에 존재하는 모든 것에 필연적으로 의

미를 두려 한다. 그러나 정답에도 오답처럼 여러 개

의 다양한 답이 있다. 인간의 생각은 회로처럼 의미를

갖도록 짜여있다. 그리고 인간은 혼자가 되었을 때 그

의미를 내면에서 찾으려 하는 성향이 있다. 그렇듯 진

실에 도달하기 위해서는 필연적으로 나를 찾기 위한
시간을 허비한다. 그러나 논리적인 의미에 접근해 정
답을 찾는 시간보다 세상에 존재하는, 오답이 진리라
는 것을 빨리 알아채는 일이 중요한지 모른다.

  예술이란 인간의 고독함 속에 자유로운 내면의 꽃
이 창작품으로 피어나는 것이고, 그런 까닭에 인간의
정신과 그에 반하는 예술품은 우주의 섭리처럼 위대하
게 취급되어 왔다. 우주의 생성 논리처럼 불합리는 합
리적인 방향으로 순환하고자 하는 섭리의 필연성을 가

진다. 우주 안에는 아직까지 우선순위를 규명하기 힘

든 사항들도 있다. 순차적인 사항의 논리로 규명되는

사항도 있고, 비슷한 문제에 대입을 하고, 어렵지 않

게 답을 유추하는 방법도 가능해졌다. 과학이 아닌 다

른 방법의 조화와 같은, 예술로써 말이다.

내게 시련이 있을 때마다, 나는 신이 무능하다 생

각해 왔었다. 그렇지 않고서야, 세상은 완벽해야 마땅

한 일이다. 아니면 전지전능한 신의 능력에 아직까지

인간이 도달하지 못한 이유 때문인지 모르겠지만 전

제처럼 인간이 전지전능하지 않다는 점은 신의 능력을 간파하지 못한, 초자연적 관계 선상에 신과 인간의 대등한 위치와 논리의 성립이 아닐 수 없다. 신의 세계에 도달할 수 있는 방법은 인간의 내면에 도달하는 일인 것이고, 인간은 그러한 부분에 있어 영적 의미를 부여해 왔다는 것이다. 보이지 않는 힘에 에너지가 세상을 움직인다 생각하고 있고, 또한 움직이는 것이다.

신이 인간을 창조했듯, 인간도 신을 모방하여 예술로써 창조물을 창조해 왔다. 세상에 존재하는 모든 이유에는 물리적인 논리, 자정에 따른 조화와 균형을 이루는 힘, 에너지의 세기가 작용한다. 우주의 크기를 알 수는 없다. 우주를 담는 거대한 덩어리가 존재하는지 또한 알 수가 없다. 논리의 대입이 가능한 이론, 태초에 우주는 어둠의 세상이었을 것이다. 다음으로 덩어리 같은 암석이 자리하게 되었고, 그 사이에 공간이 만들어졌을 것이다. 어둠 속에 빛이 생기고, 공간이 형성, 형상화된 것이다. 형상은 어둠과 빛을 포함한, 프리즘, 에너지에 해당하는 다채로운 색채의 영역으로, 우주의 형상 속 인간이 어둠과 빛을 구분할 수

O (의 세계)

있는, 볼 수 있는 눈을 가진 것은 축복이다. 예술가에
게 내적, 영적 부분을 포함한, 본다는 의미는 매우 특
별하다. 그러므로 조물주의 영역 위치과 대등한 인간
의 영역 안에서의 창조물, 예술가의 창조물이 재생될
수 있었던 것이다. 인간에게 시각이 없다면 불가능할
형상의 구현인 것이고, 예술품은 어둠과 빛의 논리에
의한 프리즘의 에너지, 색채에 해당하는 부분을 형상
화한 표현 작품이라 할 수 있다. 과학보다 쉬운 일차
원적인 논리에 생각이 근접되어 있는 나는 아무래도
한때, 어촌 마을에서 살았던 이유 때문에 물고 늘어지

는 물귀신 작전처럼 용케 풀이 과정을 넘기고 있었다. 버젓이 양면이 공존하는 상황에서 마음 가는 대로 행동 하기 전, 결정에 따르기 전, 생각을 담는 이해의 과정은 필수가 아닐 수 없다. 아직은 새벽이고, 나는 깨어있는 정신에 대고, 조금 더 깊은 호흡을 들이마시고 있었다.

그림을 그리게 되면서 의미를 짚는 검열 과정은 필수가 아닐 수 없다. 되짚어 보았던, 아버지가 그린 그림에는 있고, 내가 그린 그림에는 없는 미묘한 차이

를 발견한 것은 우연한 일이 아니었다. 어촌 마을에서

찬란하게 빛나던 태양은 어디에 가려지고 막혀 호흡하

며 살기 힘든, 그러나 한 번 길들여지면 편한 도시, 인

공의 미는 부자연스럽지 않다. 낯설거나, 이상하거나,

불가능하지도 않다. <○(의 세계)>를 완성하고, 이미

내 손을 떠나 기억에도 가물한 작품을 세상에 내놓고

알 수 없는 감정들에 일일이 스스로에 대고 납득할 물

음에 대한 이해의 시간이 필요했었다. 표현 방법에 대

한 갈증 같기도 했다. 나는 기존의 표현 방법에서 다

른 각도, 다른 버전의 표현 방법에 대해 고민을 하고

있었다. 며칠 전, 나는 캐리어에 짐을 챙겨 미술 학원에 개인 화실과 같은 작은 공간을 만들었다. 서울로 와, 한 평 남짓한 공간에서 지냈기 때문에 그림을 그릴 수 있는 공간이면 되었다. 그런데 두 달이 돼 가는데도 전달 월급이 통장에 입금되지 않고, 게다가 까따리나는 미술 학원에 얼굴도 비치지 않고 있었다.

한 달이 또 흘렀다. 이번 달 월급도 통장에 입금되지 않았다. 체납된 관리비와 고지서들이 독촉장처럼 우편함에 쌓이기 시작했다. 공원을 거닐다 온 나는 일

O(의 세계)

층에 있는 우편함에서 까따리나가 오면 전해주려고 넘쳐나는 고지서들을 챙겨 미술 학원으로 올라왔다. 오후 두 시쯤, 나이 들어 보이는 인색한 관리인이 임차료가 몇 달이나 밀렸다며 곤란하다는 엄포의 말을 임차인도 아닌 내게 하고 갔다. 미술 학원 밖에서 남자와 까따리나를 보았던 사건은 심상치 않은 일이었다. 울리지도 않던 미술 학원에 비치된 전화기에 벨 소리가 들렸다. 혹시 하는 마음에 수화기를 들고 몇 마디 말을 했는데, 관리인이었다. 엄포에 말을 하고 간지 몇 시간이 지났다고, 관리인은 기한 내에 임차료를 내

지 않으면 미술 학원 문을 닫아야 한다는 협박으로 확

신을 받으려는 듯 재차 말을 했다. 나는 사정을 구했

지만, 협의를 못 보고 전화를 끊어야 했다. 관리인과

통화를 하고, 말미에 기한이 다가오고 있었다. 미술

학원에서 수강했던 수강생들은 고급반 과정에 있어

미술 학원에 나와 그림을 그리지 않아도 되었고, 새

로운 수강생을 받을 수는 없었다. 며칠 쉴까 해서, 미

술 학원에서 몸만 빠져나온 나는 기차역으로 가 어촌

마을로 향하는 기차를 탔다. 해가 떨어질 때가 돼, 미

미를 마지막으로 보았던 이별의 장소에 도착할 수 있

O (의 세계)

었다.

　떠날 때처럼, 그때 날씨 그대로 코끝으로 느꼈던
늦은 겨울 아직은 이른 봄 날씨였다. 나는 버스를 타
고 우리 집 앞 하얀빛의 가로등이 보이는 정류장에서
하차를 했다. 어촌 마을에 오자 짜고 비린 푸릇한 바
다 냄새가 났다. 집으로 온 나는 방으로 들어가지 않
고 바다 쪽을 향해 잠시 서서 어두워진 바다를 바라보
았다. 작은 빛 몇 개가 빛나고 있었다. 밤 조업을 하는
어선들이었다. 나는 눈을 감고 바람에 밀려 부서지는

파도 소리를 들었다. 마음을 편안케 하는 바람과 파도 소리였다. 일 년 동안을 새까맣게 잊고 지냈던 어촌 마을이었다. 나는 주인이 들지 않았던, 내 방문을 조심스레 열어 보았다. 빛이 없는 어둠과 정적 속에서 먼지 냄새가 났다. 그리고 나서 나는 하얀빛의 가로등이 비치는 부모님 방도 찬찬히 둘러보았다. 추억처럼 누런색으로 바랜 벽지, 분수처럼 뿜어냈던 아버지 인생 최대의 걸작, 마지막 작품 자국도 거뭇하게 보였다. 나는 아버지가 죽고 난 후 부모님 방은 거들떠보지도 않았었다. 진작, 새로운 벽지로 갈까 생각은 했

O(의 세계)

었지만, 그대로 놔두기에도 꺼림칙한 이유로 방치된,
화구와 작품 창고로 사용되다, 지금은 아무것도 없는
빈 창고였다.

아버지의 마지막 작품은 괴기스럽고 흉측한 본인
의 혈흔이었다. 아이러니하게 나는 암각화 같은 벽지
에 누렇게 빛바랜 혈흔의 흔적을 보고 작품의 모티브
를 찾게 되었다. 희대의 살인마와 같은 끔찍한 살인
행각 후 얼굴에 그리는 웃는 모습 같았다. 굳이 빛바
랜 흔적에 대고 의미를 부여할 필요는 없었다. 세상에

비슷한 모양, 의미, 모티브는 얼마든지 대체가 가능하니까. 푸른 바다에 부서지는 하얀 포말, 분수, 에너지, 달도 그렇고. 숨기고 싶은 사건의 전말을 혼자만 안 채, 나는 어촌 마을에서 며칠 해변을 거닐며 시간을 보내다 다시 상행선 기차를 타고 서울로 왔다.

관리인이 진을 치고 있지 않았다. 미술 학원 밖에서 보는 실내는 이상이 없는 것 같았다. 잠그고 갔던 문을 열고 안으로 들어와 한류 전선이 흐르는 공간에 히터를 켜고 점등을 했다. 전기가 끊긴 것 같았다. 전

○(의 세계)

화기도 확인을 했다. 먹통이었다. 나는 올 것이 차례
대로 오나 보다 생각을 했다. 나는 어촌 마을에서 구
상했던 작품 작업을 하기 위해 이젤을 빛이 잘 드는
창가로 가져와 캔버스 위에 아크릴 물감을 칠했다. 한
시간이 지나 허리를 굽힌 의자에서 허리를 펴기 위해
창문에 서서 밖을 보고 있었다. 미술 학원 쪽으로 걸
어오는 관리인의 모습이 보였다. 눈에 힘을 주고 보아
도 분명 관리인의 얼굴이었다. 나는 재빠르게 물건을
챙겨 이동 전에 그 위치에 놓아두고 중무장도 해야 했
다. 입고 있던 외투보다 더 두꺼운 외투를 덧입고 미

술 학원 안에 사람이 없었다는 듯 문을 닫고 밖으로 나왔다. 공원 쪽으로 빠져나온 나는 관리인이 도착했을 위치쯤에서 관리인을 찾아보았다. 미술 학원 층계를 올라갔다 내려오는 관리인의 모습이 보였다. 행인들의 무리에 섞여 공원으로 간 나는 편의점에서 저녁으로 인스턴트 컵라면으로 끼니를 해결한 후 공원을 배회했다. 미술 학원으로 갈 용기가 나지 않았다. 춥고 졸려 새벽쯤이 되어서야 미술 학원으로 가 쪽잠을 자고 아침이 돼 공원으로 나왔다. 나는 추운 날씨에 장시간 공원과 아지트가 된 지하철 역사 안에서 온기

O (의 세계)

가 있는 공간에 있다가 새벽이면 미술 학원에서 잠을

자고 나오기를 며칠째 하며 끈질긴 관리인과 숨바꼭질

놀이를 하고 있었다. 지하철 역사 안 화장실에서 거울

을 보고 내 모습이 거지처럼 꼬질한 모습이라는 것을

알게 되었다. 정처가 없어 정신이 없었고, 겨울이라

제대로 씻지도 않아, 공원에 행인들이 왜 내 주위를

피해서 가는지 알았다. 창피하기보다 누그러뜨렸던 화

가 치밀어 올랐다. 까따리나에게 말을 하면 해결될 것

같았지만, 그녀에게 연락할 방법이 없었다. 오늘, 내

일, 아니면 언제. 기대와 좌절에 하루에 한 번은 은행

에 비치된 ATM 기계로 가서 계좌에 입금 내역을 확인

하는 일은 빼놓지 않는 일과였다. 내 눈을 의심했다.

상심을 대신하던 숫자에서 설마 하는 마음. 적은 금액

횡재를 맞은 기분이었다. 밀린 월급이 모두 입금되어

있었다. 나는 뛰어서 미술 학원으로 왔다. 숨이 차지

않았다. 전기, 전화는 아직 그대로였다. 우선, 따뜻한

물에 목욕을 하고 싶다는 생각이 들었고, 목욕탕에서

시원하게 목욕을 하고 난 후 미술 학원으로 왔을 때,

첩자를 심어놓았는지, 관리인은 내가 미술 학원에 있

다는 것을 어떻게 알고 임차료가 다 해결이 되었다는

O(의 세계)

전화를 했다. 나는 전등을 켜고 히터도 켰다. 부랴부
랴 치워놓았던 이젤도 숨기지 않아도 되었다. 나는 의
자에 앉아 아크릴 물감을 캔버스 위에 칠했다. 감격에
볼을 타고 뜨거운 눈물이 흘러내렸다. 캔버스 위에 아
크릴 물감이 흐려져 혼합되었다. 나는 손등으로 눈물
을 훔쳤다. 추상 회화가 무엇인지 알 수 있을 듯했다.
그동안 방황했던, 가려져 있던 나의 마음을 찾은 것
같았다. 나는 추상 회화를 시도 하려다가 콜라주 기법
과 혼합된 방법을 사용하기로 했다. 그러기 위해서는
산화가 잘 되는 동그란 돔 모양에 크고 작은 철이 필

요했다. 나는 필요한 모양에 철을 공방에서 제작해 와

산화가 빨리 일어나도록 처리를 했다. 동그란 돔 모양

을 캔버스 위에 조화롭게 배치를 한 다음 고정시켰다.

시간에 따라 산화된 산화철이 수직 낙하, 직선이 아닌

물결처럼 흘러내리도록, 비포장도로처럼 울퉁불퉁 구

불한 결을 아크릴과 유화 물감을 사용해 칠했다.

공을 들인 <붉은 광장>을 완성해 가고 있었다. 나

는 같은 방식으로 다른 배열과 색상의 연작 작품도 구

상하고 있었다. 연작도 캔버스 위에 담고, 제목도 생

각해야 했다. 나만의 독특한 기법이 생겨 흡족했고, 밝히고 싶지 않은, 숨기고 싶은 진실을 비포장도로에 덮어 사람들이 듣고 싶어 하는 방향으로 그림에 필요한 이해의 해석을 하겠다는 생각을 했다. 완성되었다. 완성이 아닌 미완 같은 <붉은 광장>의 작품이 완성되었다. 나는 작품이 완성된 상태 대로 보란 듯, 이젤 위에 놓아두었다. 그렇게 놓고 생활했던 나는 잠을 자다가 꿈속에서 불에 활활 타는 공원을 보았다. 건물, 극장, 상점, 거리, 분수, 나무, 행인, 공원은 온통 붉은색, 불바다였다. 불타는 공원을 집어삼킬 듯한 포효의

웃음소리를 듣고, 짧은 희열도 그만, 나는 잠에서 깼다. 공원에 있는 모든 것들이 전소되는 생생한 꿈이었다. 나는 이젤을 확인했다. 잠들기 전, 불이 붙지 않은, 놓아둔 대로였다.

모든 일이 두절된 상태에서 다시 정상화가 되었다. 그런데 까따리나는 없었다. 나는 새로운 수강생들을 맞아야 했다. 봄이 돼, 미술 학원에 묵은 먼지 청소를 했다. 나의 작품 소식을 전해 들은 고급반 과정에 수강생들은 미술 학원으로 와 나와 함께 그림을 그

O (의 세계)

리다 가고는 했다. 초급반 과정에 수강생들은 정원
이 미달되어 모집 과정 중에 있었다. 새로운 수강생
들을 맞고, 한 달이 흘렀다. 나는 오후가 돼 은행으로
가 ATM 기계에 입금 내역을 확인했다. 월급이 입금
되어 있었다. 상황은 두 달이 되어서도 같았다. 그동
안 나의 작품과 고급반 과정에 수강생들의 작품에 대
한 동기 부여의 차원에서 기회가 필요하다 생각을 하
고는 있었다. 나는 고급반 과정에 수강생들과 작품 전
시에 대해 상의를 했다. 고급반 과정에 수강생들은 작
품 전시를 찬성했다. 정보를 공유하고, 계획을 수정해

가며, 갤러리를 알아보는 동안, 아버지의 연작처럼 나도 연작 시리즈에 작품을 완성해 가고 있었다. 초대장과 티켓, 포스터, 팸플릿, 현수막을 제작해야 했고, 갤러리 문제도 일이 되려는지 일사천리로 원하는 방향으로 진행되었다. 전시를 앞둔 우리들은 그녀의 부재에 대해 마음을 같이 하고 있었다. 나는 전시를 함께하는 고급반 수강생들을 안심시켜야 했기에 선의의 거짓말을 할 수밖에 없었다. 그러나 나는 그녀가 어떻게 되었는지 알지 못하고 있었다.

○(의 세계)

지금 까따리나는 지구 반대편 먼 나라, 외국에서
건강히 잘 지내고 있고, 나와 수강생들의 안부, 작품
활동에 대한 계획, 이번 전시에 축하 메시지도 보내왔
고, 마지막으로 전시회에 함께 하지 못해 미안하다는
말도 전했다. 시간이 지남에 따라 늘어나는 나의 거짓
말에 고급반 수강생들은 참말인 듯 믿어주었다. 전시
에 신경 쓸 일만 남아 있었다. 나는 미술 학원과 멀지
않은 위치에 인테리어도 괜찮은 일 층에 갤러리를 임
차할 수 있었다. 작품 수가 많은 나는 갤러리 벽면에
반을, 나머지 벽면은 고급반 과정에 수강생들의 작품

을 차원이라는 테마로 일주일간 작품을 설치하는데 시

간을 쏟았다. 미술 전시를 소개하는 사계의 봄에서 좋

은 취지로 기사를 썼으면 하는 협조 의뢰 전화를 받

고, 작품이 걸린 갤러리에서 수강생들과 단체 사진도

찍고 인터뷰도 했다. 혹여나 하는 마음에 그녀가 전시

를 보기 위해 갤러리에 오지 않을까 하는 기대의 마음

이 있었지만, 그녀는 전시 기간 동안 어디에도 보이지

않았다. 보름 동안 성황리에 전시가 개최되고, 성공적

으로 마무리 지을 때쯤, 안면이 있는 인색했던 관리인

의 달라진 모습에 꽃다발을 받는 어색한 일도 있었다.

O(의 세계)

모든 상황이 문제없이 너무 술술 풀려 어찌 된 일인지

모를 방향으로 잘 흘러가는 것이 얼떨떨했다. 또다시

내게 징크스 같던 일 년이 지나갔다.

*

　미술 학원에서 수강생들에게 그림을 가르친 지 두 해가 지나, 새로운 해를 맞이했다. 창밖으로 보이는 공원에 거무스레한 한 남자의 그림자가 사라지고, 아침이 밝아 오고 있었다. '내게서 멀어지면 멀어질수록, 나는 더 외로워질 것 같았다.' 나는 오늘도 멀어지던 까따리나를 떠올렸다. 보고 싶은, 새장 안에 작은 새, 나의 까따리나! 나는 그것이 마지막 이별이라 생각지 않았다. 나는 외로워졌고, 시간이 지날수록 그것이 무엇인지 알아가고 있다. 네가 어디에 있든, 나

O(의 세계)

의 마음속에는 항상 네가 살아 있는 것이고, 결국 우

리는 아무렇지 않은 듯 다시 만나게 될 것이라고, 나

는 오래전부터 생각해 왔었다.